Rainer Maria Rilke, geboren am 4. Dezember 1875 in Prag, ist am 29. Dezember 1926 in Val-Mont in der Schweiz gestorben.

Die schönsten Liebesgedichte und Liebesgeschichten Rilkes vereint diese Ausgabe. Es sind Gedichte und Geschichten von Liebe und Tod, von Liebesglück und Liebesleid. Die Gedichte sprechen von der Sehnsucht nach der Geliebten und der Verzweiflung über das Ende der Liebe, die Geschichten von der Schwierigkeit des Liebens und vom Versagen an der Liebe.

Rainer Maria Rilke
Über die Liebe

Gedichte und Geschichten
Ausgewählt von Vera Hauschild

Insel Verlag

Umschlagabbildung:
Pierre-Auguste Renoir, Tanz in Bougival
Öl auf Leinwand, um 1882. Ausschnitt
Museum of Fine Arts, Boston

insel taschenbuch 3061
Erste Auflage 2004
Originalausgabe

Vertrieb durch den Suhrkamp Taschenbuch Verlag
Satz: Hümmer GmbH, Waldbüttelbrunn
Druck: Clausen & Bosse, Leck
Printed in Germany
ISBN 3-458-34761-5

1 2 3 4 5 6 – 09 08 07 06 05 04

Ich möchte dir ein Liebes schenken

Ich möchte dir ein Liebes schenken,
das dich mir zur Vertrauten macht:
aus meinem Tag ein Deingedenken
und einen Traum aus meiner Nacht.

Mir ist, daß wir uns selig fänden
und daß du dann wie ein Geschmeid
mir löstest aus den müden Händen
die niebegehrte Zärtlichkeit.

Die Nacht holt heimlich durch des Vorhangs Falten
aus deinem Haar vergeßnen Sonnenschein.
Schau, ich will nichts, als deine Hände halten
und still und gut und voller Frieden sein.

Da wächst die Seele mir, bis sie in Scherben
den Alltag sprengt; sie wird so wunderweit:
An ihren morgenroten Molen sterben
die ersten Wellen der Unendlichkeit.

Liebhaben von Mensch zu Mensch

Liebhaben von Mensch zu Mensch: das ist vielleicht das Schwerste, was uns aufgegeben ist, das Äußerste, die letzte Probe und Prüfung, die Arbeit, für die alle andere Arbeit nur Vorbereitung ist. Darum *können* junge Menschen, die Anfänger in allem sind, die Liebe noch nicht: sie müssen sie lernen. Mit dem ganzen Wesen, mit allen Kräften, versammelt um ihr einsames, banges, aufwärts schlagendes Herz, müssen sie lieben lernen. Lernzeit aber ist immer eine lange, abgeschlossene Zeit, und so ist Lieben für lange hinaus und weit ins Leben hinein –: Einsamkeit, gesteigertes und vertieftes Alleinsein für den, der liebt. Lieben ist zunächst nichts, was aufgehen, hingeben und sich mit einem zweiten vereinen heißt (denn was wäre eine Vereinigung von Ungeklärtem und Unfertigem noch Untergeordnetem – ?), es ist ein erhabener Anlaß für den Einzelnen, zu reifen, in sich etwas zu werden, Welt zu werden, Welt zu werden für sich um eines anderen willen, es ist ein großer unbescheidener Anspruch an ihn, etwas, was ihn auserwählt und zu Weitem beruft. Nur in diesem Sinne, als Aufgabe an sich zu arbeiten (»zu horchen und zu hämmern Tag und Nacht«) dürften junge Menschen die Liebe, die ihnen gegeben wird, gebrauchen. Das Aufgehen und das Hingeben und alle Art der Gemeinsamkeit ist nicht für sie (die noch lange, lange sparen und sammeln müssen), ist das Endliche, ist vielleicht das, wofür Menschenleben jetzt noch kaum ausreichen.

[Briefe an einen jungen Dichter
An Franz Xaver Kappus, 14. Mai 1904]

Die Stille

Hörst du, Geliebte, ich hebe die Hände –
hörst du: es rauscht …
Welche Gebärde der Einsamen fände
sich nicht von vielen Dingen belauscht?
Hörst du, Geliebte, ich schließe die Lider,
und auch *das* ist Geräusch bis zu dir.
Hörst du, Geliebte, ich hebe sie wieder …
… aber warum bist du nicht hier.

Der Abdruck meiner kleinsten Bewegung
bleibt in der seidenen Stille sichtbar;
unvernichtbar drückt die geringste Erregung
in den gespannten Vorhang der Ferne sich ein.
Auf meinen Atemzügen heben und senken
die Sterne sich.
Zu meinen Lippen kommen die Düfte zur Tränke,
und ich erkenne die Handgelenke
entfernter Engel.
Nur die ich denke: Dich
seh ich nicht.

Oh wie fühl ich still zu dir hinüber,
oh wie gehen mir von deinem Bild
steigende Gefühle flutend über.
Ungeheuer ist mein Herz gewillt.

In dem Raume, den ich in mich schaute
aus dem Weltraum und dem Wind am Meer,
gehst du, unbegreifliche Vertraute,
wie sein eigenstes Geschöpf umher.

Nun erst schließ ich, ach nach wieviel Zeiten
meine Augen über mir; nun mag
keine Sehnsucht mehr mich überschreiten;
denn vollendeter wird Nacht und Tag.

Schau ich aber leise auf, so heilt
mir die Welt am milderen Gesichte –,
oh so war ja doch: daß ich verzichte,
allen Engeln noch nicht mitgeteilt.

Ich bin von dir so ferne
und sehn' mich nach dir hin.
Mich hören nur die Sterne,
die stille droben ziehn.
Und was ich dir verhehle,
verborgen kanns nicht sein
für sie, denn in die Seele
schaun sie mir tief hinein.

Dort lesen sie mein Sehnen,
dort klärt ihr lichter Strahl
den Grund für meine Tränen,
den Grund für meine Qual, –
und manchen Wunsch, der gerne
den Lippen möcht' entfliehn. –
Mich hören nur die Sterne,
die stille droben ziehn.

Flutet mir in diese trübe Reise
Deines Herzens warme Bahn entgegen?
Nur noch Stunden und ich werde leise
meine Hände in die Deinen legen:
o wie lange ruhten sie nicht aus.
Kannst Du Dir denn denken, daß ich Jahre
so: ein Fremder unter Fremden fahre?
Und nun endlich nimmst Du mich nach Haus.

Siehst du, selbst um das Gestirn zu schauen,
brauchts ein kleines irdisches Beruhn,
denn Vertrauen kommt nur aus Vertrauen,
Alles Wohltun ist ein *Wieder*tun.
Ach die Nacht verlangte nichts von mir.
Doch wenn ich mich zu den Sternen kehrte,
der Versehrte an das Unversehrte:
Worauf stand ich? War ich hier?

Ach wie Wind durchging ich die Gesträuche,
jedem Haus entdrang ich wie ein Rauch,
wo sich andre freuten in Gebräuche
blieb ich strenge wie ein fremder Brauch.
Meine Hände gingen schreckhaft ein
in der andern schicksalvolle Schließung;
Alle, alle *mehrte* die Ergießung:
und ich konnte nur *vergossen* sein.

Im Vorgärtchen

Skizze

Was einem doch bisweilen für Gedanken kommen ..... Gestern zum Beispiel. Sitze ich da wieder neben Frau Lucy im Vorgärtchen ihres Landhauses. Die junge blonde Frau mit den großen tiefen Augen schweigt, sieht zum atlasblanken Abendhimmel auf und weht sich Kühlung mit einem Brüsseler Spitzentuch. Und der Duft, der so prickelnd durch meine Nerven rinnt, kommt der von dem fächelnden Tuche her oder dort von dem Fliederstrauch?

»Dieser prächtige Flieder ....« sagte ich – nur um etwas zu sagen. Denn das Schweigen ist ein heimlicher Waldsteg, auf dem verstohlene Gedanken hin und wider huschen. Also nur nicht schweigen!

Sie hatte jetzt die Augen geschlossen und den Kopf zurückgelehnt, so, daß das volle Abendlicht auf den fein geäderten Lidern lag. Die Nasenflügel bebten leise wie die Schwingen eines kleinen Falters, der an einer jungen Rose nippt. Ihre Hand lag zufällig auf der Armlehne meines Stuhles hart neben der meinen. Ich glaubte ihr leichtes Zittern in meinen Fingerspitzen zu spüren. – Nicht nur in den Fingerspitzen. Durch den ganzen Körper floß mirs bis zum Hirn und nahm mir alle, alle Gedanken – nur den einen nicht ...... Und dieser formte und ballte sich wie eine Gewitterwolke im Gebirge: »Sie ist die Frau eines andern ...«

Teufel auch! Das wußte ich doch längst. Und dieser andere war sogar mein Freund. – Aber heute kam mir dieser sonderbare Gedanke immer wieder und ich hatte ein Gefühl dabei wie ein Bettelkind, das zu den Herrlichkeiten im Zuckerbäckersschaufenster sehnsuchtsvoll hinüberstaunt ....

»Worüber denken Sie nach, gnädige Frau?« – riß ich mich aus meinem Sinnen.

Sie lächelte: »Wie Sie ihm ähnlich sehen!«

»Wem?«

Sie wandte den Blick und setzte sich zurecht: »Meinem verstorbenen Bruder!«

»So. Ist er jung verstorben?«

Sie seufzte: »Sehr jung. Er hat sich erschossen. Der Arme! Er war ein prächtiger, braver Mensch. Warten Sie, nächstens zeig ich Ihnen sein Bild.«

»Hatten Sie mehrere Geschwister?« lenkte ich ab.

Sie schien kaum gehört zu haben. Ihr helles Auge lag mit verwirrender Ruhe auf mir. Groß wie ein ganzer Himmel.

»Der Zug um die Augen, dieser Mund ...« – wie im Traume sagte sie das.

Ich bemühte mich ihr ruhig ins Gesicht zu sehen. Es war mir sehr schwer. Sie betrachtete mich lange. Dann rückte sie den Stuhl näher, und ihre Stimme hatte einen innigen, vertraulichen Ton, als sie von ihrem Bruder erzählte. Sie sprach leise, und ihr Haupt war mir so nahe, daß ich den Duft ihres blonden Haares spürte. Die lebhafte Erinnerung an Glück und Weh entflammte ihr Auge und belebte ihr Antlitz. Im Feuer der Erregung erschienen mir ihre Züge so bekannt, als wäre ich der teure Tote, dessen sie gedachte.

Diese Augen .... dieser Mund .... dachte ich – das ist *mein* Gesicht, nur veredelt, verfeinert .....

Und als sie endlich, ein Schluchzen in der Kehle, verstummte und das zarte Köpfchen in die Brüsseler Spitzen vergrub, da hätte ich rufen mögen: Ich bins! ich bins! Lebend genoß ich das Glück, von solch einem Weibe beweint zu werden .... und ich weiß nicht, wie's kam, ich strich ihr mit der Hand ganz leise über den abendroten Scheitel. Sie ließ es geschehen.

Dann hob sie die Augen, die voller Licht waren: »Wenn er doch lebte!« sagte sie nachdenklich. »Wir wären beisammen geblieben und ich hätte nie geheiratet ...«

Ich horchte auf.

Und jetzt brach ihre Natur durch: Sie weinte heftig und stürmisch.

Ich sah wie die Sonne starb, und dachte: »Sie ist eines anderen Frau ...«

Aber ihr Weinen übertönte diesen Gedanken.

Und ehe noch der Sonnenrand ganz hinter den violetten Hügeln versunken war, lag ihr Köpfchen an meiner Brust, und ihr wirres, goldenes Haar kitzelte mein Kinn. Und dann küßte ich der blonden Frau Lucy die tauhellen Tränen fort, und zugleich mit den ersten, blassen Sternen dort oben blühte ein Lächeln auf ihren roten Lippen ....

.... Als ich eine Stunde später ihrem Gatten an der Gartentür begegnete, bemerkte ich just da er mir die Hand entgegenstreckte ein Stäubchen an meiner Krawatte. Dieses Stäubchen! Ich verlor es nicht aus dem Auge und bemühte mich, es mit der einen Hand fortzuknipsen, während ich die andere hastig in seine legte. –

Du im Voraus
verlorne Geliebte, Nimmergekommene,
nicht weiß ich, welche Töne dir lieb sind.
Nicht mehr versuch ich, dich, wenn das Kommende wogt,
zu erkennen. Alle die großen
Bilder in mir, im Fernen erfahrene Landschaft,
Städte und Türme und Brücken und un-
vermutete Wendung der Wege
und das Gewaltige jener von Göttern
einst durchwachsenen Länder:
steigt zur Bedeutung in mir
deiner, Entgehende, an.

Ach, die Gärten bist du,
ach, ich sah sie mit solcher
Hoffnung. Ein offenes Fenster
im Landhaus –, und du tratest beinahe
mir nachdenklich heran. Gassen fand ich, –
du warst sie gerade gegangen,
und die Spiegel manchmal der Läden der Händler
waren noch schwindlich von dir und gaben erschrocken
mein zu plötzliches Bild. – Wer weiß, ob derselbe
Vogel nicht hinklang durch uns
gestern, einzeln, im Abend?

Die Braut

Ruf mich, Geliebter, ruf mich laut!
Laß deine Braut nicht so lange am Fenster stehn.
In den alten Platanenalleen
wacht der Abend nicht mehr:
sie sind leer.

Und kommst du mich nicht in das nächtliche Haus
mit deiner Stimme verschließen,
so muß ich mich aus meinen Händen hinaus
in die Gärten des Dunkelblaus
ergießen …

Die Liebende

Das ist mein Fenster. Eben
bin ich so sanft erwacht.
Ich dachte, ich würde schweben.
Bis wohin reicht mein Leben,
und wo beginnt die Nacht?

Ich könnte meinen, alles
wäre noch Ich ringsum;
durchsichtig wie eines Kristalles
Tiefe, verdunkelt, stumm.

Ich könnte auch noch die Sterne
fassen in mir; so groß
scheint mir mein Herz; so gerne
ließ es ihn wieder los

den ich vielleicht zu lieben,
vielleicht zu halten begann.
Fremd, wie niebeschrieben
sieht mich mein Schicksal an.

Was bin ich unter diese
Unendlichkeit gelegt,
duftend wie eine Wiese,
hin und her bewegt,

rufend zugleich und bange,
daß einer den Ruf vernimmt,
und zum Untergange
in einem Andern bestimmt.

Ich möchte Purpurstreifen spannen
und möchte füllen bis zum Rand
mit Balsamöl aus Onyxkannen
die Blumenlampen, die entbrannt
im Mittag flammen, und verbrennen
bis wir uns mit dem Namen nennen,
der Sterne ruft und Tage bricht;
die Täler taun, die Winde fallen
den Dingen in den Schoß und allen
ist bang nach deinem Angesicht.

Die Liebende

Ja ich sehne mich nach dir. Ich gleite
mich verlierend selbst mir aus der Hand,
ohne Hoffnung, daß ich Das bestreite,
was zu mir kommt wie aus deiner Seite
ernst und unbeirrt und unverwandt.

... jene Zeiten: O wie war ich Eines,
nichts was rief und nichts was mich verriet;
meine Stille war wie eines Steines,
über den der Bach sein Murmeln zieht.

Aber jetzt in diesen Frühlingswochen
hat mich etwas langsam abgebrochen
von dem unbewußten dunkeln Jahr.
Etwas hat mein armes warmes Leben
irgendeinem in die Hand gegeben,
der nicht weiß was ich noch gestern war.

Das Geschlecht ist schwer

Das Geschlecht ist schwer; ja. Aber es ist Schweres, was uns aufgetragen wurde, fast alles Ernste ist schwer, und alles ist ernst. Wenn Sie das nur erkennen und dazu kommen, aus sich, aus *Ihrer* Anlage und Art, aus *Ihrer* Erfahrung und Kindheit und Kraft heraus ein ganz eigenes (von Konvention und Sitte *nicht* beeinflußtes) Verhältnis zu dem Geschlecht zu erringen, dann müssen Sie nicht mehr fürchten, sich zu verlieren und unwürdig zu werden Ihres besten Besitzes.

Die körperliche Wollust ist ein sinnliches Erlebnis, nicht anders als das reine Schauen oder das reine Gefühl, mit dem eine schöne Frucht die Zunge füllt; sie ist eine große unendliche Erfahrung, die uns gegeben wird, ein Wissen von der Welt, die Fülle und der Glanz alles Wissens. Und nicht, daß wir sie empfangen, ist schlecht; schlecht ist, daß fast alle diese Erfahrung mißbrauchen und vergeuden und sie als Reiz an die müden Stellen ihres Lebens setzen und als Zerstreuung statt als Sammlung zu Höhepunkten. Die Menschen haben ja auch das Essen zu etwas anderem gemacht: Not auf der einen, Überfluß auf der anderen Seite haben die Klarheit dieses Bedürfnisses getrübt, und ähnlich trübe sind alle die tiefen, einfachen Notdürfte geworden, in denen das Leben sich erneuet. Aber der einzelne kann sie für sich klären und klar leben (und wenn nicht der einzelne, der zu abhängig ist, so doch der Einsame). Er kann sich erinnern, daß alle Schönheit in Tieren und Pflanzen eine stille dauernde Form von Liebe und Sehnsucht ist, und er kann das Tier sehen, wie er die Pflanze sieht, geduldig und willig sich vereinigend und vermehrend und wachsend nicht aus physischer Lust, nicht aus physischem Leid, Notwendigkeiten sich neigend, die größer sind als Lust und Leid und gewaltiger denn Wille und Widerstand. O daß der Mensch dieses Geheimnis, dessen die Erde voll ist bis in ihre kleinsten Dinge, demütiger empfinge und ernster trüge, ertrüge und fühlte, wie schrecklich schwer es ist, statt es leicht zu nehmen. Daß er ehrfürchtig wäre gegen seine Fruchtbarkeit, die nur *eine* ist, ob sie geistig oder körperlich scheint; denn auch das geistige Schaffen stammt von dem physischen her, ist eines Wesens mit ihm und nur wie eine leisere, entzücktere und ewigere Wiederholung leiblicher Wollust. ‹...› Und die in den Nächten zusammenkommen und verflochten sind in wiegender Wollust, tun eine ernste Arbeit und sammeln Süßigkeiten an, Tiefe und Kraft für das Lied irgendeines kommenden Dichters, der aufstehn wird, um unsägliche Wonnen zu sagen. ‹...›

Vielleicht ist über allem eine große Mutterschaft, als gemeinsame Sehnsucht. Die Schönheit der Jungfrau, eines Wesens »das (wie Sie so schön sagen) noch nichts geleistet hat«, ist Mutterschaft, die sich ahnt und vorbereitet, ängstigt und sehnt. Und der Mutter Schönheit ist dienende Mutterschaft, und in der Greisin ist eine große Erinnerung. Und auch im Mann ist Mutterschaft, scheint mir, leibliche und geistige; sein Zeugen ist auch eine Art Gebären, und Gebären ist es, wenn er schafft aus innerster Fülle. Und vielleicht sind die Geschlechter verwandter, als man meint, und die große Erneuerung der Welt wird vielleicht darin bestehen, daß Mann und Mädchen sich, befreit von allen Irrgefühlen und Unlüsten, nicht als Gegensätze suchen werden, sondern als Geschwister und Nachbarn und sich zusammentun werden als *Menschen*, um einfach, ernst und geduldig das schwere Geschlecht, das ihnen auferlegt ist, gemeinsam zu tragen.

[Briefe an einen jungen Dichter
An Franz Xaver Kappus, 16. Juli 1903]

Ich geh dir nach, wie aus der dumpfen Zelle
ein Halbgeheilter schreitet: in der Helle
mit hellen Händen winkt ihm der Jasmin.
Ein Atemholen hebt ihn von der Schwelle, –
er tastet vorwärts: Welle schlägt um Welle
der großbewegte Frühling über ihn.

Ich geh dir nach in tiefem Dirvertrauen.
Ich weiß deine Gestalt durch diese Auen
vor meinen ausgestreckten Händen gehn.
Ich geh dir nach, wie aus des Fiebers Grauen
erschreckte Kinder gehn zu lichten Frauen,
die sie besänftigen und Furcht verstehn.

Ich geh dir nach. Wohin dein Herz mich führe
frag ich nicht nach. Ich folge dir und spüre
wie alle Blumen deines Kleides Saum ..

Ich geh dir nach auch durch die letzte Türe,
ich folge dir auch aus dem letzten Traum …

… nun sollst du einen Turm gewahren

Schwindende, du kennst die Türme nicht.
Doch nun sollst du einen Turm gewahren
mit dem wunderbaren
Raum in dir. Verschließ dein Angesicht.
Aufgerichtet hast du ihn
ahnungslos mit Blick und Wink und Wendung.
Plötzlich starrt er von Vollendung,
und ich, Seliger, darf ihn beziehn.
Ach wie bin ich eng darin.
Schmeichle mir, zur Kuppel auszutreten:
um in deine weichen Nächte hin
mit dem Schwung schoßblendender Raketen
mehr Gefühl zu schleudern, als ich bin.

[Das IV. der »Sieben Gedichte«]

Nicht, wie du ihn nennst, wird
er dem Herzen gewaltig.
Liebende: wie du dich rührst
bildest du dringend ihn aus.

Wie rief ich dich. Das sind die stummen Rufe,
die in mir süß geworden sind.
Nun stoß ich in dich Stufe ein um Stufe
und heiter steigt mein Samen wie ein Kind.
Du Urgebirg der Lust: auf einmal springt
er atemlos zu deinem innern Grate.
O gieb dich hin, zu fühlen wie er nahte;
denn du wirst stürzen, wenn er oben winkt.

[Das VII. der »Sieben Gedichte«]

Einmal kam die Frau, die reiche, reife
die zerstreut den Jüngling unterwies,
wenn er störend, noch mit Knabensteife,
an die blumige Geliebte stieß.

Dann erschienen reizende Gestalten,
traten ins gesteigerte Bereich
wo sich Menschen aneinanderhalten
zum vergöttlichten Vergleich.

Kann es sein daß er, wenn er sie lobte
aus ursprünglicher Natur
jene nie Erfahrene erprobte
an den Seligen, die er erfuhr?

Die Näherin

.......Es war im April des Jahres 188 .... Ich war gezwungen meine Wohnung zu wechseln. Mein Hausherr hatte sein Haus verkauft und der neue Besitzer war entschlossen, das Stockwerk, in welchem mein bescheidenes Zimmer sich befand, ungeteilt zu vermieten. Ich suchte lange nach einem anderen erfolglos. Endlich nahm ich des Suchens müde fast ungeschaut ein Kämmerchen im dritten Stocke eines Gebäudes, dessen Längsseite keinen unbedeutenden Teil der engen Seitengasse einnahm.

Mein Zimmer erschien mir gleich in den ersten Tagen recht heimlich. Durch die beiden kleinen Fenster, deren vielfach geteilte Scheiben das Alter des Hauses erraten ließen, schaute ich weit über graue und rote Dächer, über rußige Schornsteine hinweg die blauen Berge und konnte die aufgehende Sonne betrachten, die als glühende Kugel auf dem verschwommenen Hügelrande lehnte. Meine eigenen Möbel, die ich hatte herbeischaffen lassen, machten den beengten Raum wohnlicher, als ich anfangs hoffte, und die Bedienung, die die Hausbesorgerin übernommen hatte, ließ nichts zu wünschen übrig. Die Treppe war nicht allzusteil und konnte unmerklich erstiegen werden, ja, wenn ich in Gedanken hinanschritt, fühlte ich mich gar verleitet, bis auf den Dachboden zu klimmen. Kurzum ich war zufrieden, zumal in dem dunklen Hofe weder Kinder spielten noch – Leierkästen.

Jahre sind ins Land gegangen seither. – Die Zeit, von der ich erzähle, liegt für mich im Dämmern der Vergangenheit, und die grellen Farben der Ereignisse sind verblaßt und verschwommen. Mir ist, als spräche ich von einer Begebenheit, die nicht mir selbst, sondern einem Anderen, vielleicht einem guten Freunde zugestoßen ist. Ich muß daher nicht befürchten, daß mich die Selbstliebe zu einer Lüge verleitet: ich schreibe offen, klar und wahrheitsgemäß.

Ich war nicht viel zuhause damals. Früh um halb acht ging ich ins Amt, speiste mittags in einem billigen Gasthause und verbrachte so oft es anging den Nachmittag im Hause meiner Braut. Ja, ich war verlobt damals. Hedwig – ich will sie so nennen – war jung, liebenswürdig, gebildet und – was in den Augen meiner Genossen am schwersten ins Gewicht fiel – reich. Sie entstammte einer älteren Kaufmannsfamilie, die es durch Sparsamkeit und Fleiß endlich dahin gebracht hatte, ein Haus zu führen, das auch die jungen Kavaliere gerne besuchten, weil bei aller Vornehmheit ein ungezwungener Frohsinn dort herrschte, der die Langeweile nicht aus den Teetassen steigen ließ. Die jüngste Tochter des Hauses, Hedwig, war übrigens jedermanns Liebling, weil sie mit ihrer Bildung eine gewisse liebenswürdige Leichtfertigkeit vereinte, die die gleichgültigste Unterhaltung interessant und reizvoll machte. Sie besaß mehr Herz und Gemüt, als die beiden älteren Schwestern, war aufrichtig, heiter, und – es ist gewiß, daß ich sie liebte. –

Ich kann offen reden. Sie heiratete später, ein Jahr nachdem das Verlöbnis gelöst war, einen jungen, adligen Offizier, starb aber, nachdem sie ihm das erste Kind, ein blondlockiges Töchterchen, geschenkt hatte. –

In ihrem Elternhause, wo sich täglich eine größere Gesellschaft befand, blieb ich gewöhnlich bis gegen die sechste Abendstunde, machte dann meinen Spaziergang, besuchte das Theater und kehrte um zehn Uhr nachts nachhause zurück, um den nächsten Tag dieselbe Lebensweise fortzuführen.

Früh, wenn ich meine drei Treppen langsam niederstieg, traf ich auf dem Vorraume des ersten Stockes stets den

Hausbesorger, der die weißen Steinfließe reinigte. Er grüßte und begann ein Gespräch. Tag für Tag dasselbe. Vom Wetter erst, dann, wie ich zufrieden sei mit meiner Wohnung und dergleichen. Da der Alte nie enden wollte, fragte ich ihn immer nach seinen Kindern, worauf er seufzte und zwischen zusammengepreßten Zähnen hervorstieß: »'s ist ein Kreuz! Die machen Sorge, Herr!« Damit wars zu Ende. – Einmal, an einem Dienstag, erkundigte ich mich, nur um etwas zu sagen, wer denn neben mir wohne. – Die Frage ward beantwortet, just wie sie gestellt war: nur so – oben hin. »Eine Nähterin, ein armes Ding, ein häßliches ....« murrte er, ohne vom Boden aufzusehen. Das war Alles.

Ich hatte diese Auskunft längst vergessen, als ich sie – die Näherin, wie ich damals richtig vermutete – im dämmerigen Flur des Hauses traf. An einem Sonntagvormittag war es. Ich hatte länger geschlafen und ging eben aus, während sie, ein kleines Buch in der Hand, wahrscheinlich aus der Kirche zurückekehrte. Eine armselige Gestalt: zwischen den spitzen Schultern, die ein verschossener, grüner, fast bis zur Erde reichender Mantel deckte, wiegte sich der Kopf, in dem zuerst die lange, dünne Nase und die hohlen Wangen auffielen. Die schmalen, leicht geöffneten Lippen zeigten unsaubere Zähne, das Kinn war eckig und sprang weit vor. Bedeutend in diesem Gesichte schienen nur die Augen. Nicht daß sie schön gewesen wären, aber sie waren groß und sehr schwarz – wenn auch glanzlos. So schwarz, daß das tiefdunkle Haar fast grau erschien. – Ich weiß nur, daß der Eindruck, den dies Wesen auf mich machte, keineswegs ein angenehmer war. Ich glaube sie sah mich nicht an. Indessen blieb mir keine Zeit über diese gleichgültige Begegnung weiter nachzudenken, da ich knapp vor dem Tore einem Freunde in die Hände fiel, in dessen Gesellschaft ich den ganzen Vormittag verbrachte. Dann vergaß ich überhaupt, daß ich eine Nachbarin hatte, zumal es, trotzdem wir hart Tür an Türe waren, nebenan Tag und Nacht ganz stille blieb. – So wäre es wohl fortgegangen, wenn nicht eines Nachts durch Zufall – oder wie soll ich es nennen – das Unerwartete, Niegeahnte geschehen wäre.

Im Hause meiner Braut fand in den letzten Tagen des April eine Gesellschaft statt, die, lange besprochen und vorbereitet, ganz trefflich verlief und bis spät in die Nacht dauerte. Gerade an jenem Abende hatte ich Hedwig entzückend gefunden. Ich plauderte lange mit ihr im kleinen, grünen Salon, und hörte voll Freude, wie sie halb ironisch, aber voll kindlicher, inniger Naivität das Bild unseres zukünftigen Hausstandes entwarf, wie sie all die kleinen Freuden und Leiden mit den grellsten Farben malte, und sich auf unser Glück freute, wie ein Kind auf den Christbaum. Ein angenehmes Gefühl der Zufriedenheit durchstrahlte wie eine wohltuende Wärme meine Brust, und auch Hedwig gestand damals, mich noch nie so heiter gesehen zu haben. – Dieselbe Stimmung beherrschte übrigens die ganze Gesellschaft: Toast folgte auf Toast. So kam es denn, daß man sich um drei Uhr morgens immer noch recht ungern trennte. – Drunten fuhr Wagen um Wagen vor. Die wenigen Fußgänger zerstreuten sich bald nach allen Seiten. Ich hatte mehr denn eine halbe Stunde zu gehen und so beschleunigte ich ziemlich meine Schritte, umsomehr, als die Aprilnacht kalt und nebeldüster war. Ich war mit meinen Gedanken beschäftigt und es schien mir gar nicht so lange gedauert zu haben, als ich schon vor der Haustür stand. Langsam sperrte ich auf und schloß das Tor vorsichtig hinter mir. Brannte dann ein Zündholz an, welches mir durch die Vorhalle bis zur Treppe leuchten sollte. Es war übrigens das letzte, das ich besaß. Es löschte bald. Die Treppe tappte ich, immer noch der schönen Stunden des vergangenen Abends denkend, hinan. Nun war ich oben. Ich steckte den Schlüssel in die Tür, drehte einmal um, öffnete langsam ....

Da stand *sie* vor mir. Sie. – Eine matte, fast herabgebrannte Kerze erhellte dürftig das Zimmer, aus dem mir ein unangenehmer Dunst von Schweiß und Fett entgegenschlug. Sie stand in einem schmutzigen, weitoffenen Hemde und einem dunklen Unterrock am Ende des Bettes, schien gar nicht erstaunt und blickte mich nur unverwandt mit starren Augen an. –

Ich war offenbar in ihr Zimmer geraten. Aber ich war so befangen, so festgebannt, daß ich nicht ein Wort der Entschuldigung sagte, aber auch nicht ging. Ich weiß, daß mich ekelte; aber ich blieb. Ich sah wie sie an den Tisch trat, den Teller mit den verstreuten Überresten eines zweifelhaften Mahles beiseite schob, vom Sessel die Kleider wegnahm, die sie ausgezogen, – und mich setzen hieß. Mit leiser Stimme, indem sie sagte: »Kommen Sie.«

Auch der Klang dieser Stimme war mir zuwider. Aber wie einer unbekannten Macht folgend, gehorchte ich. Sie sprach. Ich weiß nicht worüber. – Dabei saß sie am Rande ihres Bettes. Ganz im Dunkel. Ich sah nur das bleiche Oval dieses Gesichts und hie und da, wenn die verlöschende Kerze auflohte, die großen Augen. – Dann erhob ich mich. Ich wollte gehen. Die Klinke an der Tür leistete Widerstand. Sie kam mir zuhilfe. Da – in meiner Nähe glitt sie aus,– und ich mußte sie auffangen. Sie schmiegte sich an meine Brust, und ich fühlte ganz nahe ihren glühenden Atem. Er war mir unangenehm. Ich wollte mich los machen. Allein ihre Augen ruhten so starr in den meinen, als webten diese Blicke ein unsichtbares Band um mich. Sie zog mich immer mehr an sich, immer mehr. Sie drückte heiße, lange Küsse auf meine Lippen .... Da verlöschte die Kerze. –

Am anderen Morgen erwachte ich mit schwerem Kopf,

Kreuzschmerzen und bitterer Zunge. Neben mir in den Kissen des Bettes schlief sie. Das blasse eingefallene Gesicht, der magere Hals, dieser flache entblößte Busen flößte mir Schrecken ein. Ich richtete mich langsam auf. Die dumpfige Luft lastete auf mir. Ich blickte mich um: der schmutzige Tisch, der abgenutzte, dünnbeinige Sessel, die eingegangene Blume auf dem Fensterbrett – Alles machte den Eindruck des Elenden, Verkümmerten. Da regte sie sich. Sie legte wie träumend eine Hand auf meine Schulter. Ich betrachtete diese Hand; die langen dickknöcheligen Finger mit den schmutzigen, kurzen, breiten Nägeln, die Haut an den Spitzen braun und zerstochen ..... Mich ergriff ein Abscheu vor diesem Wesen. Ich sprang empor, riß die Tür auf, und rannte in mein Zimmer. Dort ward mir leichter. Noch weiß ich, daß ich bei meiner Tür den Riegel vorschob – so weit es ging. –

Tag um Tag verging in ganz derselben Weise, wie früher. Einmal, vielleicht eine Woche später, als ich mich schon zu Ruhe begeben hatte, stieß ich zufällig mit dem Ellenbogen gegen die Wand. Ich vernahm, daß dieses unabsichtliche Klopfen sofort beantwortet wurde. Ich blieb still. – Dann schlummerte ich ein. Im Halbschlaf plötzlich schien mir, daß meine Tür geöffnet würde. Im nächsten Augenblick fühlte ich einen Körper, der sich an mich schmiegte. Sie war bei mir. In meinen Armen verbrachte sie die Nacht. Ich wollte sie fortschicken, oft. Aber sie blickte mich mit ihren großen Augen an, und das Wort erstarb auf der Lippe. O es war entsetzlich, die warmen Glieder dieses Wesens neben mir zu fühlen, dieses häßlichen, frühgealterten Mädchens; und doch fand ich nicht die Kraft .....

Manchmal begegnete ich ihr im Treppenhause. Sie ging an mir vorbei, wie zum ersten Male: – wir kannten uns nicht.

Sehr oft kam sie zu mir. Leise, ohne ein Wort zu sprechen, trat sie ein und hielt mich gebannt durch ihren Blick. Ich war willenlos.

Endlich beschloß ich der Sache ein Ende zu machen. Mir kam es wie ein Verbrechen vor gegen meine Braut, das Bett mit diesem Weibe zu teilen, das sich mit solcher Aufdringlichkeit an mich schmiegte, und das doch nichteinmal – das Recht der Liebe besaß! –

Ich kam viel zeitiger nachhause und verriegelte sofort meine Türe. Als die neunte Abendstunde heranrückte, kam sie. Da sie die Tür versperrt fand, ging sie wieder weg; sie mochte wähnen ich sei nicht zuhause. Aber ich war unvorsichtig. Ich schob den schweren Schreibtischsessel etwas jäh zurück. Das mußte sie vernommen haben. Im nächsten Augenblicke pochte es. Ich blieb still. Noch einmal. Dann ungeduldig ohne Unterlaß. Jetzt hörte ich sie schluchzen – lange, lange .... Die halbe Nacht mußte sie an meiner Türe verbracht haben. Aber ich war stark geblieben; ich fühlte, daß dieses Ausharren den Zauber gebrochen hatte. –

Den nächsten Tag traf ich sie auf der Treppe. Sie ging sehr langsam. Als ich ganz in ihrer Nähe war, schlug sie die Augen auf. Ich erschrak: In diesen Augen lag ein unheimliches Flimmern und Drohen .... Ich lachte über mich selbst. – Ich war doch ein rechter Tor! Dieses Mädchen! Und ich schaute ihr nach, wie sie so schwerfällig die Füße auf die Steinstufen setzte und hinabhinkte ......

Am Nachmittage brauchte der Chef meiner, so daß der gewohnte Besuch bei Hedwig unterbleiben mußte. Abends, als ich in meine Stube kam, fand ich einen Brief des Vaters meiner Braut vor, der mich in das größte Erstaunen versetzte. Er lautete:

»......... Unter den obwaltenden Verhältnissen werden Sie es begreifen, daß ich mich zu meinem eigenen, größten

Bedauern gezwungen sehe, die Verlobung mit meiner Tochter aufzuheben. Ich dachte Hedwig einem Manne anzuvertraun, den keine anderweitigen Verpflichtungen binden. Derartige Erfahrungen seinem Kinde möglichst zu ersparen, ist Vaterpflicht. Sie werden, geehrter Herr von B....., mein Vorgehen verstehen, wie auch ich überzeugt bin, daß Sie mich selbst gewiß noch rechtzeitig von der Lage der Dinge unterrichtet hätten. – Im Übrigen stets der Ihre ......«

Wie mir zumute war, ist schwer zu beschreiben. Ich liebte Hedwig. Ich hatte mich in die Zukunft, die sie selbst so reizend entworfen hatte, schon eingelebt. Ich konnte mir mein Schicksal ohne sie nicht denken. Ich weiß, daß mich zuerst ein heftiger Schmerz übermannte, der mir Tränen in die Augen trieb, ehe ich Zeit fand nachzudenken, welchem Einflusse ich diese sonderbare Zurückweisung zu verdanken hatte. Denn sonderbar war sie auf jeden Fall. – Ich kannte Hedwigs Vater, der die Gewissenhaftigkeit und Gerechtigkeit selbst war, und wußte, daß nur ein bedeutendes Ereignis ihn zu diesem Vorgehen bewogen haben konnte. Denn er achtete mich und war zu besonnen mir Unrecht zu tun. Ich schlief die ganze Nacht nicht. Tausend Gedanken durchkreuzten meinen Kopf. Endlich gen Morgen entschlummerte ich vor Müdigkeit. Beim Erwachen bemerkte ich, daß ich vergessen hatte, die Tür zu verriegeln. Indessen sie war nicht bei mir gewesen. Ich atmete erleichtert auf.

Ich kleidete mich eilig an, entschuldigte für ein paar Stunden mein Fernbleiben vom Amte und eilte zur Wohnung meiner Braut. Ich fand das Tor verschlossen, und als auf mein wiederholtes Läuten niemand erschien, dachte ich sie seien ausgefahren. Der Hausbesorger könnte ja leicht im Hofe beschäftigt sein, wo er die Glocke nicht hörte. – Ich beschloß am Nachmittage zur gewöhnlichen Stunde zu kommen.

So tat ich auch. – Der Hausbesorger öffnete, machte erstaunte Augen und sagte, ich müßte ja doch wissen, daß die Herrschaften abgereist seien. Ich erschrak, tat aber, als sei ich von Allem unterrichtet, und verlangte nur Franz, den alten Diener, zu sprechen. Der erzählte mir denn auch haarklein, daß Alle, Alle abgereist sei'n, nachdem gestern nachmittag eine merkwürdige Szene sich abgespielt hätte.

»Ich stand«, so sprach er, »hier im Vorraum, putzte die Tafelbestecke, als ein Frauenzimmer heruntergekommen und elend eintrat und mich ersuchte, sie zu Fräulein Hedwig zu führen. Natürlich gab ich nicht nach, – man muß die Leute doch erst kennen ....« Ich nickte eifrig. – Mir kam ein Gedanke .... »Na und kurz und gut«, fuhr der schwatzhafte Alte fort, »sie machte auf meine Weigerung hin solange ein Geschrei und Gezeter, bis der gnädige Herr heraustrat. Den bat sie nun und beschwor, sie bringe wichtige Nachrichten. Er nahm sie in sein Cabinet. Eine Stunde blieb sie drin. Eine Stunde, gnädiger Herr! Dann kam sie heraus, küßte dem gnädigen Herrn die Hand ......«

»Wie sah sie aus?« unterbrach ich ihn.

»Blaß, mager, häßlich.«

»Groß?«

»Recht groß.«

»Augen?«

»Schwarz, auch die Haare.« Der Alte schwatzte noch weiter. Ich wußte genug. – Alle Worte des entsetzlichen Briefes wurden mir klar: Verpflichtungen! .... Bitterer Groll regte sich in mir. Ich ließ den Diener stehen und stürzte hinab. Ich lief durch die Straßen bis zu meinem Hause. Vor dem Tor standen ein paar Leute beisammen. Männer und Weiber. Sie sprachen heftig und leise. Ich stieß sie rauh beiseite. Dann drei Treppen hinan ohne Atemholen. Ich mußte zu ihr, ihr sagen ... Ich wußte nicht was ich sagen würde, aber ich fühlte, daß mir die rechte Zeit die rechten Worte leihen werde ....

Auch auf der Treppe begegnete ich Männern. Ich achtete ihrer nicht. Oben. – Ich riß die Tür auf. Heftiger Carbolgeruch drang mir entgegen. Ein hartes Wort erstarb mir auf den Lippen. Da lag sie auf den grauen Linnen des Bettes in bloßem Hemde. Den Kopf weit zurück, die Augen geschlossen. Die Hände hingen schlaff. Ich trat näher. Sie zu berühren wagte ich nicht. – Mit den klaffenden Lippen und den unterlaufenen Augenlidern machte sie ganz den Eindruck einer Ertrunkenen. Mich schauerte. Ich war allein im Zimmer. Die scheidende, kalte Sonne beschien den schmutzigen Tisch – den Bettrand .... Ich beugte mich zu dem Weibe. Ja, sie war tot. Die Farbe des Gesichtes war bläulich. Ein übler Geruch ging von ihr aus. Und ein Ekel erfaßte mich, ein Abscheu ...

Sag weißt du Liebesnächte? Treiben nicht
auf deinem Blut Kelchblätter weicher Worte?
Sind nicht an deinem lieben Leibe Orte,
die sich entsinnen wie ein Angesicht?

Lösch mir die Augen aus: ich kann dich sehn,
wirf mir die Ohren zu: ich kann dich hören,
und ohne Füße kann ich zu dir gehn,
und ohne Mund noch kann ich dich beschwören.
Brich mir die Arme ab, ich fasse dich
mit meinem Herzen wie mit einer Hand,
halt mir das Herz zu, und mein Hirn wird schlagen,
und wirfst du in mein Hirn den Brand,
so werd ich dich auf meinem Blute tragen.

Oh erhöhe mich nicht!
Wer weiß, ob ich rag.
Heb nur leise dein Angesicht,
daß dir mein Niederschlag
fast wie dein eigenes Weinen sei.

Stürmt meine Stärke an dir vorbei,
stelle dich aufrecht in meinen Wind;
schließe die Lider vor meinem Wehn,
sei blind
vor lauter Mich-sehn.

Die Liebenden

Sieh, wie sie zu einander erwachsen:
in ihren Adern wird alles Geist.
Ihre Gestalten beben wie Achsen,
um die es heiß und hinreißend kreist.
Dürstende, und sie bekommen zu trinken,
Wache und sieh: sie bekommen zu sehn.
Laß sie ineinander sinken,
um einander zu überstehn.

Opfer

O wie blüht mein Leib aus jeder Ader
duftender, seitdem ich dich erkenn;
sieh, ich gehe schlanker und gerader,
und du wartest nur –: wer bist du denn?

Sieh: ich fühle, wie ich mich entferne,
wie ich Altes, Blatt um Blatt, verlier.
Nur dein Lächeln steht wie lauter Sterne
über dir und bald auch über mir.

Alles was durch meine Kinderjahre
namenlos noch und wie Wasser glänzt,
will ich nach dir nennen am Altare,
der entzündet ist von deinem Haare
und mit deinen Brüsten leicht bekränzt.

Und dein Haar, das niederglitt,
nimm es doch dem fremden Winde, –
an die nahe Birke binde
einen kußlang uns damit.

Dann: zu unseren Gelenken
wird kein eigner Wille gehn.
Das, wovon die Zweige schwenken
das, woran die Wälder denken
wird uns auf und nieder wehn.

Näher an das Absichtslose
sehnen wir uns menschlich hin;
laß uns lernen von der Rose
was du bist und was ich bin …

Heute will ich dir zu Liebe Rosen
fühlen, Rosen fühlen dir zu Liebe,
dir zu Liebe heute lange lange
nicht gefühlte Rosen fühlen: Rosen.

Alle Schalen sind gefüllt; sie liegen
in sich selber, jede hundert Male, –
wie von Talen angefüllte Tale
liegen sie in sich und überwiegen.

So unsäglich wie die Nacht
überwiegen sie den Hingegebnen,
wie die Sterne über Ebnen
überstürzen sie mit Pracht.
Rosennacht, Rosennacht.

Nacht aus Rosen, Nacht aus vielen vielen
hellen Rosen, helle Nacht aus Rosen,
Schlaf der tausend Rosenaugenlider:
heller Rosen-Schlaf, ich bin dein Schläfer.

Heller Schläfer deiner Düfte; tiefer
Schläfer deiner kühlen Innigkeiten.
Wie ich mich dir schwindend überliefer
hast du jetzt mein Wesen zu bestreiten;

sei mein Schicksal aufgelöst
in das unbegreifliche Beruhen,
und der Trieb, sich aufzutuen,
wirke, der sich nirgends stößt.

Rosenraum, geboren in den Rosen,
in den Rosen heimlich auferzogen,
und aus offnen Rosen zugegeben
groß wie Herzraum: daß wir auch nach draußen
fühlen dürfen in dem Raum der Rosen.

Oh du bist schön. Wenn auch nicht mir.
Aber du kannst dich nirgends verhalten.
Ich weiß, daß mir deine Augen nicht galten,
aber ich habe mich wie ein Tier
in deine Blicke gelegt. O du bist schön.

Um die Höhn
deines Leibes kreist
dunkel dein Duft.
Und dein spiegelnder Geist
speist
grundlose Brunnen in dir.
O du bist schön.

Mir ist die Lust
zu Rose und Pfirsich vergangen.
Die Spangen
an deinen Armen sind wärmer.
Ich will keine Vögel mehr fangen.
Ich will ärmer und ärmer
werden für dich: so schön bist du.

Meine Sinne sind mir zu Einem Sinn
verschmolzen an dir.
Ich spüre nur, daß ich zu dir hin
bin –: nimm. Verlier.

Fragst du mich: Was war in deinen Träumen,
ehe ich dir meinen Mai gebracht?
War ein Wald. Der Sturm war in den Bäumen
und auf allen Wegen kam die Nacht.

Waren Burgen die in Feuer standen,
waren Männer, die das Schlachtschwert schlugen,
waren Frauen, die in Wehgewanden
Kleinod weinend aus den Toren trugen.

Kinder waren, die an Quellen saßen,
und der Abend kam und sang für sie,
sang solang, bis sie das Heim vergaßen
über seiner süßen Melodie.

Welche Wiesen duften deine Hände?
Fühlst du wie auf deine Widerstände
stärker sich der Duft von draußen stützt.
Drüber stehn die Sterne schon in Bildern.
Gieb mir, Liebe, deinen Mund zu mildern;
ach, dein ganzes Haar ist unbenützt.

Sieh, ich will dich mit dir selbst umgeben
und die welkende Erwartung heben
von dem Rande deiner Augenbraun;
wie mit lauter Liderinnenseiten
will ich dir mit meinen Zärtlichkeiten
alle Stellen schließen, welche schaun.

Wie man ein Tuch vor angehäuften Atem,
nein: wie man es an eine Wunde preßt,
aus der das Leben ganz, in einem Zug,
hinauswill, hielt ich dich an mich: ich sah,
du wurdest rot von mir. Wer spricht es aus,
was uns geschah? Wir holten jedes nach,
wozu die Zeit nie war. Ich reifte seltsam
in jedem Antrieb übersprungner Jugend,
und du, Geliebte, hattest irgendeine
wildeste Kindheit über meinem Herzen.

Liebes-Lied

Wie soll ich meine Seele halten, daß
sie nicht an deine rührt? Wie soll ich sie
hinheben über dich zu andern Dingen?
Ach gerne möcht ich sie bei irgendwas
Verlorenem im Dunkel unterbringen
an einer fremden stillen Stelle, die
nicht weiterschwingt, wenn deine Tiefen schwingen.
Doch alles, was uns anrührt, dich und mich,
nimmt uns zusammen wie ein Bogenstrich,
der aus zwei Saiten *eine* Stimme zieht.
Auf welches Instrument sind wir gespannt?
Und welcher Geiger hat uns in der Hand?
O süßes Lied.

Graue Liebesschlangen hab ich aus deinen
Achselhöhlen gescheucht. Wie auf heißen Steinen
liegen sie jetzt auf mir und verdauen
Lust-Klumpen

Einmal wenn ich dich verlier

Schlaflied

Einmal wenn ich dich verlier,
wirst du schlafen können, ohne
daß ich wie eine Lindenkrone
mich verflüstre über dir?

Ohne daß ich hier wache und
Worte, beinah wie Augenlider,
auf deine Brüste, auf deine Glieder
niederlege, auf deinen Mund.

Ohne daß ich dich verschließ
und dich allein mit Deinem lasse
wie einen Garten mit einer Masse
von Melissen und Stern-Anis.

Alles ist mir lieb, die Sommersprossen
und die Spange, die den Ärmel schloß;
oh wie unerhört und unverflossen
blieb die Süßigkeit, drin nichts verdroß.

Taumelnd stand ich, in mir hingerissen
von des eignen Herzens Überfluß,
in den kleinen Fingern, halbzerbissen,
eine Blüte des Konvolvulus. –

Oh wie will das Leben übersteigern,
was es damals, schon erblüht, beging,
als es von dem eigenen Verweigern
wie von Gartenmauern niederhing.

‹Lied›

Du, der ichs nicht sage, daß ich bei Nacht
weinend liege,
deren Wesen mich müde macht
wie eine Wiege.
Du, die mir nicht sagt, wenn sie wacht
meinetwillen:
wie, wenn wir diese Pracht
ohne zu stillen
in uns ertrügen?
– – – – – –
Sieh dir die Liebenden an,
wenn erst das Bekennen begann,
wie bald sie lügen.
– – – – – –
Du machst mich allein. Dich einzig kann ich vertauschen.
Eine Weile bist dus, dann wieder ist es das Rauschen,
oder es ist ein Duft ohne Rest.
Ach, in den Armen hab ich sie alle verloren,
du nur, du wirst immer wieder geboren:
weil ich niemals dich anhielt, halt ich dich fest.

[Aus den »Aufzeichnungen des Malte Laurids Brigge«]

Welt war in dem Antlitz der Geliebten –,
aber plötzlich ist sie ausgegossen:
Welt ist draußen, Welt ist nicht zu fassen.

Warum trank ich nicht, da ich es aufhob,
aus dem vollen, dem geliebten Antlitz
Welt, die nah war, duftend meinem Munde?

Ach, ich trank. Wie trank ich unerschöpflich.
Doch auch ich war angefüllt mit zuviel
Welt, und trinkend ging ich selber über.

Warst du's, die ich im starken Traum umfing
und an mich hielt – und der ich mit dem Munde
ablöste von der linken Brust ein Ding,
ein braunes Glasaug wie von einem Hunde,
womit die Kinder spielen ..., oder Reh,
wie es als Spielzeug dient? – Ich nahm es mir
erschrocken von den Lippen. Und ich seh,
wie ich dir's zeige und es dann verlier.
Du aber, die das alles nicht erschreckte,
hobst dein Gesicht, als sagte das genug.
Und es schien schauender, seit die entdeckte
geküßte Brust das Auge nicht mehr trug.

Du, die ich zeitig schon begann zu feiern,
erriet ich dich und lobte ich dich gut?
Du Heilige, du bliebst in deinen Schleiern
und nur von deinen Schleiern sang mein Blut.

Zwar ward mir immer wieder zum Vergleiche
ein lieblich mich Erfüllendes gesandt,
doch immer war, daß sie dich nicht erreiche,
das Letzte, was die Freundin mir gestand.

O stolze Schwermut meiner Liebeszeiten!
Dies ist dein Name. Ob er dir entspricht?
Wie einen Spiegel hob ich oft vom Weiten
ihn dir entgegen, – doch ich rief ihn nicht.

Weißt du noch: auf deinem Wiesenplatze
las ich dir am schönen Vormittage,
(jenem ersten, den ich aus dem Schatze
einer wunderschönen Zeit gehoben)
las das Lied der Rühmung und der Klage.
Und mir schien dein Leben wie von oben
zuzuhören; wie von jeder Seite
kam es näher; aus dem sanften Rasen
stieg es in die Räume meiner Stimme.
Aber plötzlich, da wir nicht mehr lasen
gab ich dich aus Nachbarschaft und Weite
dir zurück in dein gefühltes Wesen.

Fernesein ist nur ein Lauschen: höre.
Und jetzt bist du diese ganze Stille.
Doch mein Aufblick wird dich immer wieder
sammeln in den lieben: deinen Körper.

Östliches Taglied

Ist dieses Bette nicht wie eine Küste,
ein Küstenstreifen nur, darauf wir liegen?
Nichts ist gewiß als deine hohen Brüste,
die mein Gefühl in Schwindeln überstiegen.

Denn diese Nacht, in der so vieles schrie,
in der sich Tiere rufen und zerreißen,
ist sie uns nicht entsetzlich fremd? Und wie:
was draußen langsam anhebt, Tag geheißen,
ist das uns denn verständlicher als sie?

Man müßte so sich ineinanderlegen
wie Blütenblätter um die Staubgefäße:
so sehr ist überall das Ungemäße
und häuft sich an und stürzt sich uns entgegen.

Doch während wir uns aneinander drücken,
um nicht zu sehen, wie es ringsum naht,
kann es aus dir, kann es aus mir sich zücken:
denn unsre Seelen leben von Verrat.

Und doch in den Tod

Ein Augustmorgen ging goldsohlig an mir vorbei in den Wald.

Ich lag da im krausen, glitzernden Moose und schaute ihm nach. Ich sah, wie er lichtgrüne Reflexe auf den silberweißen Kies schleuderte, als streute er Malachitkrystalle um sich her. Und ich vernahm seinen leisen, leichten Schritt, der die staunenden Blumen erweckte aus dem langen, lieblichen Schlummer.

Ich streckte die Arme weit aus und ‹er›blickte jetzt nur die hohen Lärchenwedel, die sich leise wiegten her, hin – her, hin, als sollten sie den blauen Himmel blank scheuern. Und er war doch so klar!

Jetzt regneten mir silberne Pünktchen in die Augen, dicht, immer dichter, bis eine Fülle von Glanz auf ihnen wuchtete. Da schloß ich die Lider. Licht war in meiner Seele – und ich atmete tief und ruhig das starke, würzige Waldarom ....

Und da knackten die Äste. Ich rührte mich nicht. Aber ich dachte dunkel und verschwommen:

Ein Reh – gewiß. Und ich stellte mir unwillkürlich das braune zartgelenkige Tier vor, wie es neugierig und zaghaft mit großem, schwarzem Auge aus grünem Blätterrahmen zu mir herüber staunt ....

Es knackte wieder.

Aber das waren menschliche Schritte.

Ich ward nüchtern. Mit jenem unwillkürlichen Schreck, den man empfindet, wenn ein Fremder uns in Träumen überrascht, richtete ich mich empor.

Ich musterte die Runde.

Nichts.

Da – doch. Hinter dem Buschwerk: Eine Gestalt. Ein

Mann. – Sein Gesicht sah ich nicht. Er trägt einen grauen Rock. – Ein Jäger, denk ich. Ich will mich wieder zurücklehnen. Aber – ich habe doch keine Ruhe.

Lautlos, als hätte ich Angst, erhebe ich mich. Und da im Augenblick starrt mich ein Gesicht an, ein verzerrtes verhärmtes Gesicht, mit zwei unstäten, glimmenden Augen … Eine Hand hält er hoch. Und diese Hand – mein Gott – diese Hand preßt eine kleine Schußwaffe an den flachen Schlaf ……

Der Mann hat mich bemerkt. Schlaff fällt ihm der Arm herab.

Ein kaltes höhnisches Lächeln umfurcht seine tief gezogenen Mundwinkel.

Wir stehen einander stumm gegenüber. Sein Blick glimmt Zorn.

Ich fasse Mut. Hart trete ich an ihn heran. Und ich sage nur ein Wort mühsam aus trockener, enger Kehle heraus: »Warum?«

Und da lacht er. Ein Lachen, das den heiligen, blauen Morgen zerfetzt. Mich fröstelt. – Er aber schweigt.

So stehen wir beide regungslos. – Hoch über uns rauschen die Wipfel. –

Und dann packt den Mann vor mir ein Schluchzen, das ihn rüttelt. Und er kniet hin und faltet die aderreichen Hände: »Ich kann nicht leben« – stammelt er. – »Ich kann nicht …«

Ich lasse seinen Schmerz austoben.

Er wird ruhiger. Das Pistol birgt er in der Tasche. Und er erzählt mir: Er hat ein Weib daheim. – Er liebt dieses Weib. Und sie ist gut und sorglich.

Aber es kommen Tage, da ihr Aug' (sie hat blaue Augen) grün ist, ihre Wange bleich, und da ihre Lippe begehrlich sich wölbt, als schlürfe sie den süßen Duft eines trauten Geheimnisses.

»Dann nennt sie mich beim Zunamen. Berger, sagt sie, und sie nennt mich sonst nie so. Dann weicht sie mir aus und schlägt die Lider nieder, wenn ich sie anschaue, dann ist sie vergeßlich, fremd, abwesend. –

Sie ist krank, dachte ich. –

Aber das geht immer vorüber.

Und neulich war es wieder so. Ihr Aug' war über mich weg in weite Ferne gerichtet, ihre Hand bebte …

Als sie in ihr Zimmer gegangen war, schlich ich nach.

Und durch eine Ritze sah ich, wie sie drinnen weinend auf den Knieen lag und welke Blumen küßte – küßte mit einer Inbrunst, wie sie mich nie geküßt, auch in der Brautnacht nicht!

Und seither weiß ichs. – Sie hat jemand geliebt, vor mir geliebt. Sie liebt ihn noch!« Am ganzen Leibe bebend schrie er das in den Wald. – »Und in diesen Tagen, da berauscht sie sich an dem heißen Duft ihres verwelkten Glückes. Und so betrügt sie mich. – So wirft sie sich, die mir allein gehören soll, in die Arme eines Schattens …«

Tonlos ging sein Wort aus. – Und inniges Mitleiden beseelte mich. Ich schob meinen Arm unter den seinen: »Kommen Sie.« Und jetzt sprach ich ihm beruhigend zu.

Er möge offen gegen sein Weib sein. Ihr sagen, was ihm Kränkung bereite; sie werde ihm gewiß mit Offenheit vergelten. Dergleichen mehr. Er wurde wirklich gefaßter.

»Sehen Sie«, sagte ich, »das Mitgefühl mit Ihnen, Herr Berger, und die einsame Stille des Waldes, heißt mich Ihnen ein Stück meines Lebens erzählen. – Jahre sind's her. – Ich liebte ein Mädchen. – Für dieses Mädchen strebte und schaffte ich. Und eines Tages wußte ich: sie hintergeht dich. – Und ich blieb ganz ruhig. Ich ging in die einsame Heide hinaus. In meiner Brusttasche war ein geladener Revolver. Ich fühlte, für mich gab es nichts, als den – Tod. Und ich stand draußen in der öden Weite und blickte um mich. Niemand. – Ich griff also in die linke Tasche – und wie ich die Waffe fasse, ziehe ich ein Stück Papier mit heraus. Unwillkürlich betrachtete ich dasselbe.

Es war eine kleine, schlichte Novelle von duftstarker Poesie, die ich einmal in glücklicher Stunde geschrieben.

Und ich las zwei, drei Zeilen.

Und dann setzte ich mich auf den Rain, legte das Pistol neben mich und las fort.

Wie Öl flossen die schlichten, innigen Worte in den Sturm meiner Seele hinein. Nach einer halben Stunde ging ich klaren Auges stadtwärts. – Ich wußte, es gibt eine Heilung für mein Weh. Eine starke Arzenei: Arbeit. –

Das ist meine ganze Geschichte.«

Der Mann neben mir schaute mich groß an – mit dankbarem Blick. Er sagte nichts. Aber er faßte meine Rechte mit beiden Händen und drückte sie. – Schon dieser kräftige Druck sagte mir: – er ist dem Leben wiedergewonnen. –

Wir gingen selbander fort weiter in den Wald. – Der schimmernde Augusttag goß goldenen Frieden in unsere gerührten empfänglichen Herzen. Wir schwiegen; aber wir blickten uns von Zeit zu Zeit an, wie gute, alte Freunde; wir verstanden uns. –

Und später plauderten wir. Leichthin über Vergangenes und Zukünftiges, Erinnerungen und Wünsche. – Und seine Worte klangen so ruhig, so friedlich in die Mittagsstille. –

Dann plötzlich fragte er: … »Und haben Sie ganz verschmerzt« …

Ich betonte: »Ganz« …

Er blickte mich forschend an: »Wirklich?«

»Wodurch soll ich Ihnen beweisen?« meinte ich obenhin.

»Wodurch?« – Er sann nach.

Dann lächelte er: »Sind Sie im Stande, den Namen des Mädchens ganz ruhig auszusprechen?«

»Wie denn nicht: Helene Croner.«

Da kracht neben mir ein Schuß. Mit zerschelltem Schädel wälzt sich Berger im Moose. – Er blieb auf der Stelle tot.

Am nächsten Tage durchblätterte ich die Zeitung. Auf dem letzten Blatt im äußersten Eckchen stand die schonend gehaltene Todesanzeige Berger's. Unterzeichnet war dieselbe:

Die tieftrauernde Witwe

Helene Berger,
geborene Croner.

Laß mich nicht an deinen Lippen trinken,
denn an Munden trank ich mir Verzicht.
Laß mich nicht in deine Arme sinken,
denn mich fassen Arme nicht.

Aus der Trübe müder Überdrüsse
reißt, die wir einander bebend bringen,
uns die Botschaft. Welche? Wir vergingen –
Ach wann waren Worte diese Küsse?

Diese Küsse waren einmal Worte;
stark gesprochen an der Tür ins Freie
zwangen sie die Pforte.
Oder waren diese Küsse Schreie ..

Schreie auf so schönen Hügeln, wie sie
deine Brüste sind. Der Himmel schrie sie
in den Jugendjahren seiner Stürme.

Ihr Opfer

Sag! Bist du schon mal an einem Spät-Septembermorgen eine mittelböhmische Landstraße gegangen? – Der niedere, nebelschwangere, beengende Himmel scheint wie ein schmutzig graues Zeltdach auf die verkümmerten, fahlen Roßkastanien gespießt, welche die nußfarbige, von tiefen Räderrinnen gerunzelte Straße umgrenzen. Die rote Sonne hat ihr dunsttrunkenes Gesicht in dichte Schleier gehüllt; ein paar irre Strahlen huschen über die Wolkenwand und randen den Straßenkot mit gelben, dünnen Strichen. Ein mißmutiger Wind wälzt gelbe Blätter hin und wider und zerwirbelt den fadenscheinigen Rauch, der aus fernen Dorfdächern kriecht, – das ist ein Bild von unsäglicher, unbeschreiblicher, hilfloser Wehmut. – Wenn ich dies Bild denke, fühle ich einen großen Schmerz in der Nähe meines Herzens. Es zuckt dort etwas zusammen – und zerrt, zerrt bis mir die Tränen in den Augen brennen …

Dasselbe Gefühl ist in mir wach – wenn ich an das arme Weib denke, dessen Geschichte ich dir erzählen will.

Höre!

Die Dichter preisen die Liebe; und es muß doch etwas sein um ihre Macht. Ein Strahl der Sonne ist sie, der verklärt – sagen diese, – ein Gift, das berauscht, sagen jene. Und wirklich, ihre Wirkungen sind denen des Lustgases ähnlich, das der Arzt vor einer schweren Operation dem zitternden Kranken einflößt, – der Leidende vergißt den wühlenden Schmerz …

Agnes hatte auch alles Ungemach vergessen, – seit Wochen. Seit sie Hermanns Weib geworden war. – Waren es denn wirklich Wochen? – War es nicht vielmehr ein einziger lustschäumender Augenblick unnennbaren Glückes? Jene

Zeit, wo Millionen neuer, süßer, geheimnisvoller Empfindungen im Herzen des Weibes – wie Elfen aus mondgeküßten Blüten – aufsteigen; wo die Jungfrau selbst zitternd staunt vor der Fülle der Gefühle, die in ihrem Innern ruhten, und wo ihr Auge glänzt wie eine heilige, ewige, erlösende Gottesverheißung.

In jener Zeit dämmert keine Frage auf in ihrer Brust, keine Sorge, kein Bangen bewölkt den Spiegel ihrer Seele. Sie lebt eine einzige, große, jauchzende Gegenwart, die keine Vergangenheit kennt, vor keiner Zukunft erbebt.

Und diesen süßen Rausch der ersten wonnigen Wochen schloß das verklärte Weib in ihr keusches Herz – und nahm ihn mit in die kommenden Jahre. –

Zwei Jahre. – Alles war anders geworden. Hermann war kalt und streng, teilnahmslos und geistesabwesend. – Seine stürmische Künstlerseele hatte rasch den Schaum der Liebesbegeisterung geschlürft – und das Weib war ihm nun nichts mehr – als ein Becher mit schalem, abgestandenem Tranke gefüllt.

Sie wußte es; der Rausch war vorüber. Sie sah schrecklich klar. – Sie wußte, daß sein Lächeln Mitleid war, seine seltene Schmeichelei Erbarmen, sein hauchender, tonloser Kuß Gewohnheit. –

Sie wußte es – und sie verzieh.

Sie wußte aber auch, daß er schuldlos war. – Was sie ihm geben konnte – hatte sie gegeben. Er durfte nichts mehr erwarten. –

Dieselbe Liebe, dieselbe Zärtlichkeit Tag für Tag, in derselben Weise. Mußte das nicht seine Künstlerseele zwängen und ängsten?

Wie war ihr dieser Gedanke gekommen? –

Erst wollte sie nicht an ihn glauben. – Aber doch – doch

je öfter sie ihn dachte, desto natürlicher – selbstverständlicher – ja notwendiger schien er ihr.

Und sie gewöhnte sich daran. –

Das quälte sie nicht mehr.

Aber eine andere Qual wich nicht von ihr.

Hermann war so gut.

Sie wußte, er würde nie im Stande sein, ihr zu sagen: Geh! – Du hältst mich in Fesseln! Ich empfinde dich als Zwang! Geh!

Und doch fühlte sie im tiefsten Innern, zagend wie ein bei Bewußtsein Sterbender den Griff des Todes fühlt, – daß er so zugrunde gehen müsse. Daß diese Bande seine Schaffenskraft hemmen müßten, seine Geistesfrische zerstören. Daß heut oder morgen an Stelle der rege wechselnden Gedanken jene trübe, verbitterte, stumpfe Sinnesträgheit treten müsse, wie sie jungen Leuten eigen wird, die der frömmelnde Wunsch der Mutter in einem Seminar begrub.

Niemehr verlor sie dieses Gefühl.

Es begleitete sie bei den wenigen Pflichten des Tages – und saß an ihrem Bett in endlosen, wachen Nächten.

Und in einer solchen reifte ihr ein Entschluß.

Zuerst machte er sie zittern.

Sie schloß die Augen.

Der Entschluß aber reifte und reifte.

Es war kein heilsamer, gesunder Vorsatz.

Er wuchs wie ein gräßliches Geschwür, das der Arzt mit Salben und Verbänden zurückgedrängt, und das nun umso furchtbarer nach innen ausbricht. –

Und an einem sonnigen Morgen nahm sie sich ein Herz.

»Hermann?!«

Hermann wandte sich ihr zögernd zu.

»Ich möchte dir etwas anvertrauen ...«

»Anvertrauen? – Bitte ...«

»Komm näher« – und sie legte den Arm leise um seinen Hals und flüsterte hastig mit heißem Erröten:

»Hermann! Ich fühle – ich weiß – daß ich dir bald ein Leben schenken – opfern ... werde ...«

Der Mann hob erstaunt den Kopf.

»Ein Leben – ein Kind!« schrie er in jauchzendem Jubel.

Agnes erschauerte.

Hermann aber zog sie leise und innig an sich.

»So soll mein Wunsch sich erfüllen – unser Wunsch ...« liebkoste er.

Sein armes Weib war außer Stande, ein Wort zu reden.

Als er eine Stunde später im Atelier saß, kam ihm unvermittelt bei: Wie sonderbar sie dies gesagt hatte – ein Leben schenken – opfern – was hatte sie ›opfern‹ hinzugefügt? – Aber er vergaß wieder darauf.

Fast schien es, als sollten jene Wochen wiederkehren; jene ersten sonnigen, klaren Wochen.

Hermann war ganz Fürsorge und Liebe.

Sein Kuß ward wärmer – sein Wort inniger.

Das war Balsam für den schrecklichen Entschluß. So glaubte Agnes anfangs. Aber nein. Das alles galt ja doch dem dritten Wesen, das er erhoffte – dem Kinde – und wenn .....

Sein, Hermanns Empfinden war ja doch tot; – dies war nur seiner Liebe – Allerseelentag.

Er war so gut.

Ja, und eben deshalb mußte sie ihn befreien. Von sich selbst befreien.

Ein kalter Herbstmorgen. Hermann saß fröstelnd im Atelier. – Er preßte eine Zigarette zwischen den Zähnen, während er malte. Ihr scharfer Rauch stieg ihm in die Augen und machte ihn unaufhörlich blinzeln.

Draußen war es noch nicht allzuhell. Ein perlgrauer Sprühregen taumelte durch die Luft.

Die Arbeit wollte nicht von der Hand.

Plötzlich horchte Hermann auf.

Lärm im Vorraum.

Harte, gemeine Stimmen.

Im nächsten Augenblick stürzte der alte Diener herein.

»Jesus Maria!« schrie er und rang die Hände.

Hermann fuhr auf.

Da trugen vier Männer eben schon durch die weite Flügeltür eine schwarze Truhe.

»Von der Rettungsgesellschaft«, brummte einer im Geschäftston.

Ein anderer schlug das schwarze Lederlaken zurück.

Da lag Agnes – fahl und starr.

Die wasserschweren Haare hatten den Kopf seitwärts gezogen.

Die triefende Kleidung umschloß eng ihre Glieder.

Wie Verklärung sonnte es auf ihrer Stirne.

Hermann stand ohne sich zu rühren.

Jäh zuckte es durch seine Züge: ein Leben ... schenken ... opfern ...

Er brach bewußtlos zusammen.

Heb mich aus meines Abfalls Finsternissen
in dein Gesicht, das mich so süß erkennt.
Wie war ich, damals, zu dir hingerissen,
in meines Herzens Element.

Nun fiel ich ab und muß mich trübe trösten
mit wirrem, wucherndem Gelüst;
du hast den Innigen, dir Eingeflößten,
Geliebte, nicht zuend geküßt.

Die Sehnsucht, die du namenlos erlitten,
bricht nun in meinen Adern aus und schreit.
Wie trugst du nur in deinen Liebesmitten
die Leere, die den Einsamen entzweit!

Einmal nahm ich zwischen meine Hände
dein Gesicht. Der Mond fiel darauf ein.
Unbegreiflichster der Gegenstände
unter überfließendem Gewein.

Wie ein williges, das still besteht,
beinah war es wie ein Ding zu halten.
Und doch war kein Wesen in der kalten
Nacht, das mir unendlicher entgeht.

O da strömen wir zu diesen Stellen,
drängen in die kleine Oberfläche
alle Wellen unsres Herzens,
Lust und Schwäche,
und wem halten wir sie schließlich hin?

Ach dem Fremden, der uns mißverstanden,
ach dem andern, den wir niemals fanden,
denen Knechten, die uns banden,
Frühlingswinden, die damit entschwanden,
und der Stille, der Verliererin.

Der Liebende

Hermann Holzer geht in seiner langen, schmalen Stube auf und ab und spricht seit einer halben Stunde. Ernst Bang liegt ebensolange auf dem alten Studentensofa und betrachtet ihn. Manchmal hebt er ein wenig den Kopf, wie um über die Worte des anderen hinzusehen; denn diese interessieren ihn nicht sonderlich. Der breite, blonde junge Mensch, der immer auf demselben Fleck auf und nieder läuft, mit Schritten, als ob er eine Anhöhe bestiege, scheint ihm viel wichtiger offenbar. Er möchte ihm am liebsten zurufen: Bleib einmal stehen, bitte; damit ich dein Kinn genauer sehe und deinen Mund …

Natürlich ruft er es nicht, aber trotzdem bleibt Hermann Holzer stehen, versammelt sich vor dem engen Fenster und deckt mit seinem schwarzen Rücken den Himmel zu und die Schornsteine und den ganzen Sonntagnachmittag. Die Stube dunkelt hinter ihm. Und er sagt: »Hol der Teufel das ganze Examen. Ich bin schon wahrhaft nervös, glaub ich. Ich fange an, euch Konkurrenz zu machen, lieber Bang. Nehmt euch in acht, wenn *ich* mal nervös werde, dann tu ich's gründlich, – wie alles. Dann seid ihr Zwerge gegen mich.« Und er dreht sich so schnell um, daß er ein ganzes Stück Licht mit seinem Lachen hereinreißt in die rauchige Dachstube.

Bang setzt sich wie erschrocken auf. Er ist sehr schlank und modisch gekleidet. Jetzt besieht er langsam seine linke Hand und dann seine rechte. Mit einem gewissen Eifer, als ob das ein Wiedersehen nach Jahren wäre.

Holzer geht schon wieder auf und ab. »Heute muß auch noch die Antwort kommen, ob ich Aussicht habe, den Privatunterricht bei Holms zu übernehmen. Davon hängt viel ab. Ohne diesen Zuschuß kann ich nicht daran denken, zu heiraten.«

Bang macht eine geräuschvolle Bewegung. Holzer wendet sich ihm erwartungsvoll zu. Aber er erhält nur ein zerstreutes: »Ja, freilich …« und fährt fort mit den Schritten und mit den Worten: »Ich denke mir, dann erst wirds Ruhe geben. Dann wird man erst anfangen können, was Vernünftiges zu arbeiten. Bis man so versorgt ist, sich um nichts zu kümmern hat.« Pause … und: »Helene versteht das …« Pause. »Natürlich werden wir irgendwo draußen wohnen …«

Er ist gerade wieder vor dem Fenster.

Bangs feine Lippen wehren sich gegen ein Wort. Dann schlägt es nach innen und treibt den jungen Menschen in die Höhe. Er steht eine Weile ratlos, ehe er ein paar Schritte gegen den Freund zu macht. Als er neben ihn tritt, sagt Holzer gerade: »Hör mal!«

Ein trauriges slavisches Volkslied weht wie Rauch den Lichthof herauf. Es ist, als ob das Lied sich auf die Fußspitzen stellte, um über Dächer und Türme zu schauen … irgendwohin.

Bang hebt unwillkürlich den Kopf und schließt die Augen.

»Weißt du, was das ist?« lacht Holzer.

Pause. Dann träumt Bang vor sich hin: »Heimweh …«

Holzer rüttelt ihn. »Der kleine Frosch vom Land da unten wäscht Geschirr ab. Da singt sie immer dazu, immer dasselbe mit dieser dummen verwaschenen Stimme. Jeden Nachmittag um halb vier. Sieh mal – (er hält ihm die Uhr hin), pünktlich, was? So ist jede Tageszeit hier bezeichnet. Ich könnte meine Uhr ruhig versetzen: Leiermann, Drahtbinder, Gemüsemann, Lumpenweib: so heißen meine Stunden. Und dabei arbeite einer! Zudem gibt es auch noch ein Vis-à-vis. Sieh mal … nett, nicht?«

Hermann Holzer verschwendet ein paar Kußhände; und

aus seinem befriedigten Lächeln kann man schließen, daß sie nicht in den Hof hinunterfallen. Dann kehrt er sich plötzlich ins Zimmer: »Darum heirate man ... ehestens!«

Bang macht eine Bewegung der Abwehr.

Hermann Holzer bemerkt es, sieht ihn einen Augenblick an und langt sich eine Zigarette vom Tisch her.

»Willst du nicht, Bang?«

»Danke.«

Und Holzer zündet in aller Behaglichkeit eine Zigarette an. Dann sagt er, während er das benutzte Zündholz heftig hin und her bewegt, als ob er irgend etwas durchstreichen wollte, was in der Luft geschrieben steht: »Hm? –«

Bang schaut zum Fenster hinaus. Mit den kleinen, unteren Vorderzähnen quält er sein blondes Schnurrbärtchen.

Pause.

Hermann Holzer geht schon wieder auf und ab und raucht mit unglaublicher Heftigkeit. Plötzlich bleibt er stehen, und seine Stimme bohrt sich durch den Qualm: »Farbe, Farbe, lieber Bang. Rot oder grün? Was ist los?«

Ernst Bang kommt näher, und seine Hand sieht lächerlich zart aus auf der ruhigen, runden Schulter des anderen. Er betrachtet seine Schuhe, seinen linken besonders, und spricht dabei: »Ich bin überzeugt, du wirst mich nicht mißverstehen, Hermann ...«

Holzer wird unruhig: »Muß es denn so feierlich sein? Heraus damit! Herr Gott, umgebracht hab ich keinen, ... also ...«

Bang hebt seine Augen, und sie sind ordentlich schwer von Trauer.

»Oder doch?« lacht Holzer.

Da tritt Ernst Bang zurück zum Fenster, und es wird wieder Raum für das armselige Heimwehlied. Mitten hinein in die kleine ängstliche Melodie streut Bang die langsamen

Worte: »Nimm mir's nicht übel, Hermann, aber ... du .... zerbrichst ... sie ....« Pause.

Hermann Holzer nimmt die Zigarette aus dem Mund und legt sie leise auf den Rand des Tisches. Der feine Rauch steigt steil auf inmitten der Stube. Unwillkürlich folgen beide mit den Blicken dieser ruhigen, feierlichen Bewegung. Da nimmt Holzer einen Stuhl in die Hände und versucht, ihn zu heben. Auf einmal läßt er ihn fallen und schreit in das Gepolter hinein:

»Du bist wohl verrückt?«

»Laß uns ruhig darüber reden, bitte ...«

Bangs Stimme zittert ein wenig.

Aber Holzer ist noch nicht so weit: »Ich ... zerbreche ... sie ...«, wiederholt er mit Betonung, als müßte er diese Worte auswendig lernen. Immer von neuem beginnt er: »Ich zer...«

»Hermann ...«, bittet der andere.

»Ich zer...« Und Holzer lacht auf einmal zügellos. Man muß es im ganzen Hause hören. Endlich geht ihm das Gelächter aus, und er sagt mühsam, mit dem letzten Atem: »Willst du mir vielleicht – erklären ..?«

Darauf hat Bang gewartet.

Er beginnt leise, wie nach guter Vorbereitung. Man kann seine Augen nicht sehen. »Du erinnerst dich doch, wie du Helene kennen gelernt hast? Es war bei mir an einem jener lustigen Abende. Das heißt, für euch war er lustig; für mich und für Helene war es ein Abschied, wenn du willst – ein Abschieds*fest*. Aber ... na also: etwas Wehmütiges jedenfalls. Du hast das nicht bemerkt? – Ich weiß. Zum Schluß haben wir beide es wohl selber nicht mehr gewußt. Wie das so geht. Das Leben ist rasch ...«

Holzer macht eine Bewegung der Ungeduld.

»Nur einen Augenblick, Hermann. Es ist notwendig, von jenem Abend zu reden. An jenem Abend ...« Bang kommt ein paar Schritte näher und sucht die unruhigen Blicke Holzers zu halten.

»Du hast mich nie gefragt, wie ich eigentlich zu Helene …«

Holzer weicht ihm aus, gereizt: »Aber das geht mich ja garnichts an …«

Bang lächelt: »Mag sein. Ich möchte trotzdem weitererzählen …«

Holzer wirft sich auf das Sofa, daß alle Federn krachen. Der kreischende Mißton liegt eine Weile in der Luft.

Ernst Bang vertieft sich wieder in die Betrachtung seines linken Schuhes und erzählt: »An jenem Abend also hab ich euch alle zu mir gebeten, um so eine Art Verlobung zu feiern …«

Die Federn des Sofas werden unruhig.

»Es war mir nämlich klar geworden, daß es doch etwas anderes ist als einfach Kameradschaft, was mich an Helene band. Ich ging also mit mir zu Rate und beschloß, sie zu heiraten. Ich übersah nicht die Schwierigkeiten, welche meine Familie mir bereiten würde; ich vergaß nicht, daß ich meine Karriere durch diesen Schritt beschränkte. Ich rechnete mit diesen Dingen, also waren sie kein Hindernis. Aber im letzten Augenblick, eine halbe Stunde ehe du damals bei mir eintratest …«

Ein Ruck in den Polstern des Sofas.

Bang sieht hin, aber Holzer liegt ganz ruhig, und Bang vollendet also: – »da zeigte sich ein Hindernis, das ich nicht erwartet hatte.«

Pause. »… Na, und als ihr kamt, da wußte ich es schon – und Helene …«

Auf einmal sitzt Hermann aufrecht und wendet seine lauernden Augen gegen den Sprechenden: »Sie hat dich abgewiesen?«

»Hm«, macht Ernst Bang ungewiß, als ob er etwas anfügen wollte, und denkt: Man sollte das Fenster öffnen vielleicht, nur eine Weile ...

Inzwischen bricht die Dämmerung über die beiden herein. Jetzt erst zündet sich Bang eine Zigarette an und geht auf und nieder. Ganz anders als Hermann. Langsam, in einem gewissen Erwarten, sich wiegend. Er fühlt sich besonders erleichtert offenbar, denn später sagt er leichthin: »September! Wie bald es schon dunkel wird.«

Wirklich, es ist ganz dunkel. Man kann nur mit Mühe erkennen, daß Holzer am Rande des Sofas sitzt, den Kopf in die Hände gesenkt. Er ändert diese Stellung nicht, und darum klingen seine Worte so dumpf in der Frage: »Das ist mir nicht klar, Bang, was mich das alles angeht, was ich dabei soll?«

Ernst Bang bleibt stehen. Da wird die Stille auf einmal schwer, schwer. Holzer reißt die Hände vom Gesicht und schreit: »Ich zerbreche sie? Warum?«

»Ruhig, ruhig ...«, beschwichtigt Bang.

Aber Holzer springt auf. Er tut plötzlich wie einer, der im Traum gelähmt war. Er streckt seine Arme, er probt seine Gelenke und will seine Stimme hören: »Warum?«

»Sieh sie dir mal an, Hermann«, bittet Bang, selbst ein wenig mitgerissen. »Wie blaß sie ist. Sie wird dir krank werden, du wirst sehen. Du quälst sie.«

Da legt ihm Holzer die Hand auf die Schulter. Und sie wird immer schwerer während dieser Worte: »Du weißt nicht, was du sprichst, Bang. Ich tue für Helene alles was ich kann, weißt du. Alles Mögliche. Nur Phrasen mach ich keine. Das will sie auch nicht. Also, was quäl ich sie?«

Bang weiß nichts zu erwidern.

Und langsam spricht Holzer weiter: »Wir sind Kameraden – einfach. So gehört sich's. Wenn ich sie in der letzten

Zeit manchmal vernachlässigt habe, so war die Arbeit daran schuld. Sobald sie ihr Kind haben wird, *ihre* Arbeit, wird sie mich auch vernachlässigen. Das ist so.« Pause.

Ernst Bang hat seine Zigarette ausgehen lassen. Er knöpft unruhig an seinem schwarzen Gesellschaftsrock; seine Hände sind sehr weiß. Dann hört man wieder die Stimme Holzers. Sie wird immer ruhiger und bekommt immer mehr heitere Überlegenheit.

»Ich finde übrigens gar nicht, daß sie schlecht aussieht. Alle Mädel sehen so aus um die Zeit. Das wird schon besser werden. Du kannst dich darauf verlassen.« Pause. »Aber das ist so eure Art: Sensation um jeden Preis. Nichts Ruhiges. Lauter Trapezgefühle; und man wartet immer, ob sie nicht im nächsten Augenblick den Hals brechen. Ich kenne das. Aber man fällt euch immer wieder hinein auf eure Empfindelei.«

»Die Dinge sind vielleicht doch nicht so einfach.« Bang sagt das fast pfeifend.

»Gewiß, weil ihr sie nicht einfach *wollt.*«

»Oh wollen –«, macht Bang, »überhaupt: *wollen* ...« und er schaut über alles weg ins Grenzenlose.

»No ja, da wären wir ja glücklich wieder.« Holzer ist fast fröhlich jetzt. Er zündet die Lampe an und verneigt sich dann vor dem Freunde:

»Euer Hochwohlgeboren erlauben: Mein Name ist Holzer. Das ist wörtlich zu nehmen. Mein Vater selig war nämlich der ›alte Holzer‹. Sie können von ihm hören im Dorf drunten. Die meisten werden sich an den breiten Bauer erinnern, den Holzerbauer. Und ich hab auch noch was aus seinem Blut, hoff ich. Sowas Grades, Eichenes ...«

Ernst Bang fühlt sich durch das grelle gelbe Licht der Lampe gestört: »Ich denke, ich gehe jetzt.«

Holzer lacht: »Wie du willst. Aber damit die Lektion in

Gottes Namen doch einen Schluß hat, sag mir doch schnell, was ich, nach deiner Meinung, in diesem Fall zu tun habe? …«

Bang macht eine Bewegung, so, an allem vorbei.

»Sprich, die ganze Kultur steht hinter dir, bedenke!«

Und er nimmt dem Zögernden den Hut wieder aus der Hand und begütigt, in anderem Ton:

»Wirklich, Ernst, Freund zum Freund. Du hast mir deine Ansicht gesagt und, so sonderbar sie sein mag, ich bin dir dankbar dafür. Ohne Zweifel hast du auch einen Rat mitgebracht. Ein Medikament gegen das gefährliche Übel, wie? Ihr seid ja alle Ärzte, ihr modernen Menschen.«

Bang versucht zu lächeln.

»Ich bin gespannt. Was soll ich tun, Ernst? Was soll ich sagen?«

Und da wird Bang wieder sehr ernst. Er kommt ein paar Schritte zurück und antwortet sehr hastig: »Sagen? Hm. Ich glaube, es ist deine Sache, einfach *zuzuhören* …«

Auch Hermann lacht nicht mehr: »Ich versteh dich nicht …«

»Nun, – Helene ist von denen, die sich aussprechen müssen um jeden Preis …« Pause. »Es könnte ja sein, daß Helene dir etwas zu erzählen hat … von … früher …« Pause.

»So«, sagt Holzer dann kurz und begleitet den andern an die Tür.

Da tritt Helene ein, gerade den beiden entgegen.

»Oh« macht sie, als sie Ernst Bang erkennt, und Holzer lacht: »Eine Überraschung, was? Alte Freunde?!«

»Ja –«, versucht Helene und geht an Bang vorbei.

Da hat Hermann einen Einfall, ganz unvermittelt offenbar. »Du hast doch wohl noch Zeit?« Eigentlich klingt das für eine Frage recht entschieden. Unwillkürlich bleibt Bang stehen. Er sieht, wie Hermann das Mädchen bei der Hand nimmt und in den hellen Kreis der Lampe zieht, und es kommt ihm unerhört brutal vor. Dann hört er ihn sagen: »Blaß? – Bist du blaß, Helen'?« Pause.

»Möglich, daß das die Lampe macht; es ist ein ungünstiges Licht. Aber du fühlst dich doch wohl?« Pause.

»Dieser Herr da sagt nämlich ...«

Helene macht eine Bewegung, als ob sie flüchten wollte.

Ernst Bang fühlt sich auf einmal vollkommen unbeteiligt, Zuschauer. Er möchte bequem sitzen, um nichts von dem zu verlieren, was kommt. Also:

»Dieser Herr sagt: Ich zerbreche dich?« Pause.

Ernst Bang denkt: Zu schleppend ist diese Szene. Flotter, bitte!

Pause. Dann, sehr laut: »Ist das wahr?«

Heftiges Weinen.

Ernst Bang macht zwei Schritte; er hat die Empfindung: Schluß! Man kann gehen. Es kommt nichts mehr.

Aber das ist ein Irrtum; es kommt noch etwas: Hermann Holzers Riesenlachen. Und hinterdrein: »Kinder seid ihr, richtige Kinder. Ihr beide. Du Helen' und der da. Gott sei Dank, daß wir jetzt beisammen sind, sonst tätet ihr jeder was Sentimentales. Ich sehs euch an. – Wir wollen auch beisammen *bleiben* heute und irgend etwas feiern; es wird sich schon was finden lassen.«

Pause. Helene neigt sich mit halbgetrockneten Augen zu Hermann und flüstert ihm etwas zu. Er versteht nicht gleich. Dann lacht er: »Wir beide allein? Gott bewahre! Kinderei! Im Gegenteil, was ich jetzt zu sagen habe, muß Ernst mithören. Leg nur deinen Hut fort, mein Lieber.«

Und als Bang keine Anstalten macht, fügt Holzer an: »Wenn ich dich darum *bitte*.« Und da auch *das* nichts hilft, braucht er ein letztes Mittel: »Helen' will es auch, – nicht wahr?«

Und da wird eine Stille um ein kleines farbloses »Ja« herum.

Langsam kommt Ernst Bang näher. Er sieht unglaublich müde aus, und Holzer denkt, zur Beruhigung: es ist ein ungünstiges Licht ... so eine Lampe ...

Dann zieht er das Mädchen auf seinen Schoß und scherzt: »Nun, kleine Frau, hast du mich lieb? Und zerbrech ich dich nicht?« Da klammert sich das kleine blonde Mädchen an seinen Hals an, mit einem Ungestüm, das ihn staunen macht. Eine Weile fühlt er sie weinen. Aber das können keine tiefen Tränen gewesen sein; denn als er das zarte Gesichtchen in die Höhe zwingt, atmet ihn eine strahlende Seligkeit an, deren er sich gar nicht zu entsinnen weiß.

Bang steht auf einmal am Fenster und zählt die schwarzen Schornsteine. Er will sich draußen beschäftigen um jeden Preis; dennoch hört er Wort für Wort:

»Jetzt ist es ja bald überstanden, Kind. Wenn heute Nachricht von Holms kommt, so können wir heiraten, gleich nach dem Examen.« Pause.

»Du willst doch?«

Ein glückseliges Lachen.

»So feiern wir heute die Zukunft.«

Pause.

»Du bist doch dabei, Bang?« Und er wartet die Antwort gar nicht ab. »Noch eines feiern wir, richtig: deine Kultur, Bang. Wir sind drei moderne Menschen, drei Menschen ohne Vorurteile, nicht? – Wir dekretieren hiermit: es gibt keine Vergangenheit. Die Vergangenheit leugnen wir einfach.«

Ernst Bang ist rasch näher gekommen, wie um zu retten; er hört noch:

»Wer von der Vergangenheit spricht, lügt. Abgemacht.«

Helene ist sehr blaß.

Hermann hat es nicht bemerkt. Eben hat jemand draußen geklingelt, und er beeilt sich zu öffnen; es könnte von Holms sein. Helene erreicht ihn noch an der Tür. Ihre Lippen brennen. Es ist ein letzter Versuch.

Aber Holzer hält sich die Ohren zu und lacht laut.

Da läßt sie ihn los, läßt ihn los – und kommt langsam zur Lampe zurück, ganz ruhig.

Bang steht an der anderen Seite des Tisches, und die Lampe singt zwischen ihnen merkwürdig laut.

Einmal schaut ihn Helene an mit traurigen, hilflosen Augen. Und Ernst Bang hebt ein wenig die Achseln, unmerklich. Das ist alles.

[Aus »Die Letzten«]

Das Land ist licht und dunkel ist die Laube,
und du sprichst leise und ein Wunder naht.
Und jedes deiner Worte stellt mein Glaube
als Betbild auf an meinen stillen Pfad.

Ich liebe dich. Du liegst im Gartenstuhle,
und deine Hände schlafen weiß im Schoß.
Mein Leben ruht wie eine Silberspule
in ihrer Macht. Lös meinen Faden los.

‹Albrecht Ostermann›

‹Fragment›

Am 17. September, abends um neun Uhr, stand Herr Albrecht Ostermann etwas steif vom Tische auf (man hatte eben Abendbrot gegessen), und erklärte seiner Frau: »Ich möchte gern noch etwas spazieren gehn..«

Frau Klementine wartete eben darauf, daß ihr Gemahl beginnen würde, ihr aus der Abendzeitung vorzulesen, was täglich um diese Stunde geschah. Aber Herr Ostermann wiederholte: »Ja, wirklich ein wenig möchte ich noch ausgehn ...«

Das war in den sechzehn oder siebzehn Jahren ihrer Ehe noch nie geschehen. Trotzdem sagte Frau Klementine nur: »Aber Albrecht ...« denn sie widersprach niemals seinen Absichten.

Und als er den Überzieher wieder anzog, fuhr sie fort: »Du bist ja kaum aus dem Caféhaus nachhause gekommen ...«

»Ja, trotzdem, liebe Klementine, im Caféhaus hab ich eben gesessen. Und, siehst du, ich möchte noch ein wenig Bewegung machen, sonst kann ich wieder nicht einschlafen.« Dagegen war nichts einzuwenden, als höchstens: »Das hast du aber noch niemals getan, Albrecht ...«

»Ganz recht, liebe Klementine, ich habe es noch niemals getan. Aber ist damit gesagt, daß ich es *nie* tun soll? Es ist mir so die Idee gekommen, die Lust, ganz spontan. Warum soll ich ihr nicht nachgeben? Weshalb nicht einmal eine kleine Ausnahme? Ich gehe ein wenig in die Allee. Dort ist es jetzt leer und wohl auch schon etwas kühler. Adieu, liebe Klementine.« Er hielt ihr seine linke Wange hin, die sie fast gewohnheitsgemäß mit ihren feuchten, vollen Lippen berührte.

In der Tür wandte er sich noch einmal zurück. »Und warte nicht auf mich mit dem Schlafengehen, damit du nicht aus der Ordnung kommst. Ich bin ein Störefried, ein Ausreißer, und du sollst nicht durch meine Unart incommodiert sein –« scherzte er und lächelte, was seinem schmalen, frühgealterten Gesicht schwerfiel. Dann trat er nochmals an den Tisch heran, empfing, ganz wie früher, den befeuchteten Kuß auf die linke Wange und verneigte sich unbeholfen, vor seiner behäbigen Frau. Daß er diese Abschiedszeremonie wiederholte, will nichts besagen. Er hatte sich in seiner Ehe eine Umständlichkeit angewöhnt, die er für ehelichen Anstand hielt und mit peinlicher Pünktlichkeit ausübte. Vor einem Gang von einer halben Stunde verabschiedete er sich oft fünf bis sechs Mal; denn erst jenem Lebewohl, hinter dem er wirklich verschwand, schrieb er volle Gültigkeit zu.

Auf der Treppe fühlte er plötzlich, daß er noch eine größere Summe Geldes – etwa 900 Mark – bei sich trage, die heute fällig geworden waren. Und schon wollte er dieses Geld zurückbringen, als ihm einfiel, daß er, erst wieder im Zimmer und bei seiner Frau, überhaupt nichtmehr ausgehen würde, aus Unentschlossenheit, aus Bequemlichkeit oder aus sonst welchen naheliegenden Gründen. Und ausgegangen sollte doch nun mal werden. Es war schließlich nicht weiter gefährlich eine halbe Stunde mit diesem Gelde in der Allee spazieren zu gehen. So trat Herr Ostermann aus dem Hause.

Vom Fenster aus sah seine Frau ihm nach, wie er leicht, mit dem Stock spielend, die dämmernde Häuserreihe entlang ging und in eine Seitengasse einbog, die zur ›Allee‹ führte. Sie war ein wenig beunruhigt. Albrecht, der doch nie etwas ohne sie unternahm, hatte sich so unerwartet zu diesem Gang entschlossen, der nicht genügend motiviert schien. Trotzdem hatte die Dame kein Mißtrauen. Sie wußte, daß ihr Mann der beste und ehrlichste Mensch ihr gegenüber war und seit Jahren nur eine Leidenschaft hatte: ihre Ehe blank zu erhalten wie einen Metallspiegel, darin zwar keine Konturen der Dinge sich abzeichneten, aber in dessen fleckenloser Fläche immer blendend das Abbild der Sonne blieb. Nur im Anfang dieser Verbindung hatte es Unklarheiten gegeben, als man sich mit der Hoffnung trug, Kinder zu bekommen, und es in der Wohnung beständig das eine überzählige Zimmer gab: still und von einer Leerheit, nichtzusagen. Nach einigen Wartejahren hatte Frau Klementine sich dort ein geräumiges Badezimmer eingerichtet, in welchem das Ehepaar seither abwechselnd die Wohltaten des Bades genoß, ohne sich der früheren Bestimmung des Raumes zu erinnern.

Man hatte sich damals einem erfahrenen Arzte anvertraut, und Frau Klementine hatte ihm gedemütigt von ihrer Kinderlosigkeit erzählt und auf seinen Rat zuerst einige Bäder besucht, die keinen Erfolg herbeiführten. Aber unversehens wandte der Arzt seine Aufmerksamkeit Herrn Ostermann zu, und erklärte der erstaunten Frau endlich, daß *er* es sei, welcher keine Kinder bekommen könne. Er machte Herrn Ostermann die gleiche Mitteilung, und ahnte kaum, wie sehr er diesen damit erschreckte. Aber für Herrn Albrechts schamvolle Betrübnis erwuchs ein Trost. Jetzt erhob sich Frau Klementine zu üppiger Reife und, indem sie nun mit gutem Gewissen alle Säfte ihres ungesegneten Leibes für sich selbst verbrauchte, entwickelte sich bei ihr Fülle und Form und ein Überfluß, welchen ihr Gemahl in fast sentimentaler Rührung, wie etwas völlig Unverdientes, genoß.

Da sie sich in dieser Lage nichts versagen mußte und in der ungewöhnlichen Badestube ihrem, in seinem Stolze ungekränkten Körper alle möglichen Wohltaten zuwandte, ließ sie ihren Mann seinen Mangel niemals fühlen; sie wußte, im Gegenteil, indem sie ihren Reizen zu sprechen erlaubte, seine eingeschüchterten Sinne stets wach zu erhalten, so daß die gefährdete Ehe ihre Farbe nicht nur nicht verlor, sondern sogar von Verliebtheit zu Verliebtheit reicher und ruhiger zu werden schien. Für Herrn Ostermann hatte diese Klugheit seiner Frau eine moralische Bedeutung. Er verurteilte sein Jugendleben mit seinen, wie er meinte, unerhörten Ausschweifungen, und hielt manchmal, wie um sich zu ermutigen, die weiße, fleckenlose Form seiner Ehe vor diesen vorehelichen, trüben Hintergrund, in welchem die vier oder fünf Verirrungen seiner ersten Mannheit sich, verworren wie Traumbilder, verschlangen. Und er fühlte sich bereits so geläutert, daß er, sooft Hans und Arthur, zwei jugendliche Neffen seiner Frau, zu Besuch waren, mit selbstzufriedenem Gesicht wiederholte: »Liebe Kinder, ihr seid in einem sehr gefährlichen Alter. Versuchungen treten allenthalben an eure ahnungslose Reife heran, ich meine die sogenannte Liebe. Denn das, was wirklich so heißt, kann man erst in der Ehe kennen lernen. Die Gefühle aber und die Beziehungen, welche fälschlich diesen hohen Namen tragen, möchte man, mit dem Dichter, treffend jenen Wiesen vergleichen, die voll prächtiger Blumen stehen, aber nicht auf fester und gesunder Erde, sondern auf schwarzem, schwankendem Wasser liegen, auf bodenlosem Sumpf, der jeden lautlos verschluckt, wenn er gierig nach einer Blume greift.« Herr Albrecht Ostermann glaubte diesen schönen Schluß einmal, vor langer Zeit, in einem unbekannten Buche gelesen zu haben; darum sprach er ihn niemals aus, ohne zu bemerken: »... mit dem Dichter ...«. Denn er war weit entfernt die Worte irgend eines auserwählten Geistes, als ob es eigene wären, zu gebrauchen.

Sobald Herr Ostermann an der Ecke verschwunden war, stellte Frau Klementine im Vorzimmer ein Licht und Zündhölzel zurecht und bereitete für ihren Gemahl die Hausschuhe und verschiedene Kleinigkeiten vor, die seiner täglichen Gewöhnung entsprachen. Dann zog sie sich, nachdem alle Lampen in den anderen Zimmern sorgfältig gelöscht worden waren, in das gemeinsame Schlafzimmer zurück; denn sie war eine Freundin von frühem Schlafengehen, da sie darin einen Grund ihres körperlichen Behagens sah. Eine Stunde lang wartete sie im Bette und horchte auf entfernte Geräusche. Dann schlief sie ein, von der Wärme der Nacht bewältigt. Sie wußte, Albrecht würde sie auf irgend eine angenehme Weise aufwecken, wenn er, längstens in einer halben Stunde, zurückkommt.

Herr Albrecht Ostermann kehrte aber nicht zurück, weder in einer halben Stunde, noch in dieser Nacht, noch sonst irgendwann.

Die Gerichte forschten umsonst nach dem Verschollenen und sein Verschwinden blieb unaufgeklärt.

Indessen trug sich Alles sehr einfach, nur etwas unerwartet zu:

Am 17. September, abends ein Viertel nach neun Uhr, wurde ein Herr mittleren Alters, der allein in der ›Allee‹ sich erging, von einem Frauenzimmer angesprochen. Erst spazierte er unbekümmert weiter, das Frauenzimmer immer neben ihm. Plötzlich blieb er stehn und machte auf irgend eine Nachricht hin: »Wieso?« Seine Begleiterin war schlank, bedeutend kleiner als er, und er mußte den Kopf etwas neigen, um ihr Gesicht, das in krausen blonden Haaren stak, genau zu sehen. Denn darum handelte es sich vor allem. Und gerade unter der Laterne nickte das Frauenzimmer, in seine Augen: »Ja, ja, – – – ich bin die Kathi!«

»Welche Kathi?«

»Die, was bei Ihrer Frau Tante im Dienst war, damals als Sie hin auf Urlaub kamen, – zur Tante ...«

»Urlaub? –« Der Herr lebte längst vollkommen unabhängig, und so hatte dieses Wort etwas Befremdliches für ihn. »Wann sollte denn das gewesen sein?«

»Oh – das werden jetzt so an die zweiundzwanzig Jahre sein. Der Herr war ja damals ganz jung, in Liebenau, bei der Frau Tante Albot.«

Der Herr blieb stehen. »In Liebenau ....« Und es fällt ihm verschiedenes ein; die Tante Albot, eine taube, mürrische alte Frau mit einer schiefen Spitzenhaube, von der er später eine rosarote Hängeampel, einen Lehnstuhl, auf dem man wegen seiner Gebrechlichkeit nicht sitzen durfte, und den Rafael Morghenschen Stich des ›Abendmahls‹ geerbt hatte. Und bei Abendmahl fällt ihm Nachtmahl ein und bei Nachtmahl eine Küche, die gerade neben seiner Stube lag, sehr fern von den Zimmern der Tante, – und er sagt auf einmal, seufzend:

»Jaja, Kathi!«

»No also endlich!« – lacht es neben ihm. »Jetzt wissen Sie's doch noch?«

Nach einer Pause sagt der Herr: »Ja, sehen Sie, das war so ... in der Jugend .... Es geht Ihnen doch gut, Fräulein Kathi?«

»Ach ja, Fräulein!« macht sie spöttisch. »Deshalb komm ich ja grad, weils mir *nicht* gut geht ...«

»Nicht gut?«

»Nein. Beinah achtzehn Jahr hab ich mich allein mit dem Kind durchgeschlagen, aber jetzt wo's groß ist, brauchts halt garsoviel ...«

»Ein Kind? Also verheiratet?«

Die Kathi antwortet nur beiläufig: »Ja, ich fahr heute wieder zurück, wir sind in Birkfelde. Zwei Stunden von hier mit der Bahn.«

»Und hier in der Stadt haben Sie – Geschäfte gehabt?«

»Geschäfte!« lacht die Blonde ihn an. »Das ist wirklich gut. Geschäfte! Ein Geschäft mit dem Herrn hätt ich eben nur ...«

Der Herr mittleren Alters läßt sich durchaus nicht überrumpeln. Er lächelt: »Liebe Kathi, wenn Sie wirklich zu mir gekommen sind, will ich Ihnen ganz gern mit einer Kleinigkeit nach meinen Kräften aushelfen ...«

»Ja es ist eben so ein Elend ...«

»Jaja. Und es geht Ihnen schon lange so ... so schlecht ... sagten Sie? –«

»Eigentlich seit Ihre Tante, Frau Albot, mich fortgejagt hat ...« –

»Fortgejagt, ... wann war denn das, Fräulein Kathi, ...«

»Gleich nachdem Sie damals wieder aus Liebenau abfuhren, sechs Wochen drauf .... wegen dem Kind .... Sie können sich schon denken von wem.«

Der Herr denkt ernsthaft nach. »Nein, sehen Sie, – ich weiß mich nicht zu erinnern, wer damals könnte in diesem Liebenau ... Es kam kein Mann ins Haus .... Die gute Tante.. erlaubte doch nicht einmal, daß der Kohlenmann oder der Milchausträger ...«

»Wenn der Herr aber nur nachdenken möchte.«

Der Herr versucht es wirklich.

»Na, wirds der Herr wohl selber g'wesen sein.«

Eine Weile sieht der so Angesprochene verständnislos vor sich hin. Dann aber lacht er ganz ungezwungen und arglos: »Ja, ja, Kathi, vielleicht.«

»Aber ganz ernsthaft, weiß der Herr vielleicht nicht ....«

»Was denn ...«

»Daß er bei mir in der Küche war?..«

»Jaja, ... ich sagte schon, in der Jugend, da kommt es ja wohl vor.«

»Daß man einem armen – Mädel ein Kind macht. Hn?«

Der Herr hört auf zu lachen und sagt ruhig: »Nein, nein, Kathi ...«

»Also war der Herr vielleicht nicht?..« fährt die Blonde zornig auf.

»Doch, doch, leider Gottes, ja. Aber trotzdem. Es kann gar keine Folgen gehabt haben, nicht im geringsten. Das ist sozusagen ausgeschlossen. Ich will Ihnen sagen, Fräulein, der Doktor hat mir erklärt, daß es ganz unmöglich ist, daß ich jemals ein Kind ...«

»Wann hat Ihnen der Doktor..«

....
....
....

Im Frühling oder im Traume
bin ich dir begegnet einst,
und jetzt gehn wir zusamm durch den Herbsttag,
und du drückst mir die Hand und weinst.

Weinst du ob der jagenden Wolken?
Ob der blutroten Blätter? Kaum.
Ich fühl es: du warst einmal glücklich
im Frühling oder im Traum ...

Der Tod der Geliebten

Er wußte nur vom Tod was alle wissen:
daß er uns nimmt und in das Stumme stößt.
Als aber sie, nicht von ihm fortgerissen,
nein, leis aus seinen Augen ausgelöst,

hinüberglitt zu unbekannten Schatten,
und als er fühlte, daß sie drüben nun
wie einen Mond ihr Mädchenlächeln hatten
und ihre Weise wohlzutun:

da wurden ihm die Toten so bekannt,
als wäre er durch sie mit einem jeden
ganz nah verwandt; er ließ die andern reden

und glaubte nicht und nannte jenes Land
das gutgelegene, das immersüße –
Und tastete es ab für ihre Füße.

Liebe lernen

Liebe lernen

Liebe ist etwas Schweres, und sie ist schwerer denn anderes, weil bei anderen Konflikten die Natur selbst den Menschen anhält, sich zu sammeln, sich ganz fest mit aller Kraft zusammenzufassen, während in der Steigerung der Liebe der Anreiz liegt, sich ganz fortzugeben. Aber ‹...› kann das etwas Schönes sein, sich fortzugeben nicht als Ganzes und Geordnetes, sondern so dem Zufall nach, Stück für Stück, wie es sich trifft? Kann solche Fortgabe, die einem Fortwerfen und Zerreißen so ähnlich sieht, etwas Gutes, kann sie Glück, Freude, Fortschritt sein? Nein, sie kann es nicht ... Wenn Du jemandem Blumen schenkst, so ordnest Du sie vorher, nicht wahr? Aber junge Menschen, die sich lieb haben, werfen sich einander hin in der Ungeduld und Hast ihrer Leidenschaft, und sie merken gar nicht, welcher Mangel an gegenseitiger Schätzung in dieser unaufgeräumten Hingabe liegt, merken es erst mit Staunen und Unwillen an dem Zerwürfnis, das aus aller dieser Unordnung zwischen ihnen entsteht. Und ist erst Uneinheit unter ihnen, dann wächst die Wirrnis mit jedem Tage; keiner von den beiden hat mehr etwas Unzerschlagenes, Reines und Unverdorbenes um sich, und mitten in der Trostlosigkeit eines Abbruchs suchen sie den Schein ihres Glückes (denn um des Glückes willen sollte all das doch sein) festzuhalten. Ach, sie vermögen sich kaum mehr zu entsinnen, was sie mit Glück meinten. In seiner Unsicherheit wird jeder immer ungerechter gegen den anderen; die einander wohltun wollten, berühren einer den anderen nun auf herrische und unduldsame Art, und im Bestreben, aus dem unhaltbaren und unerträglichen Zustand ihrer Wirrnis irgendwie herauszukommen, begehen sie den größten Fehler, der an menschlichen

Beziehungen geschehen kann: sie werden ungeduldig. Sie drängen sich zu einem Abschluß, zu einer, wie sie glauben, endgültigen Entscheidung zu kommen, sie versuchen ihr Verhältnis, dessen überraschende Veränderungen sie erschreckt haben, ein für allemal festzustellen, damit es von nun ab *»ewig«* (wie sie sagen) dasselbe bleibe. Das ist nur der letzte Irrtum in dieser langen Kette von aneinander festhaltenden Irrungen. Totes nicht einmal läßt sich endgültig festhalten (denn es zerfällt und verändert sich in seiner Art), wieviel weniger läßt sich Lebendes und Lebendiges ein für alle Mal abschließend behandeln. Leben ist ja gerade Sich-verwandeln, und menschliche Beziehungen, die ein Lebensextrakt sind, sind das Veränderlichste von allem, steigen und fallen von Minute zu Minute, und Liebende sind diejenigen, in deren Beziehung und Berührung kein Augenblick dem anderen gleicht. Menschen, zwischen denen nie etwas Gewohntes, etwas schon einmal Dagewesenes vor sich geht, sondern lauter Neues, Unerwartetes, Unerhörtes. Es gibt solche Verhältnisse, die ein sehr großes, fast unerträgliches Glück sein müssen, aber sie können nur zwischen sehr reichen Menschen eintreten und zwischen solchen, die jeder für sich, reich, geordnet und versammelt sind, nur zwei weite, tiefe, eigene Welten können sie verbinden. – Junge Menschen – das liegt auf der Hand – können ein solches Verhältnis nicht gewinnen, aber sie können, wenn sie ihr Leben recht begreifen, langsam zu solchem Glück anwachsen und sich vorbereiten dafür. Sie müssen, wenn sie lieben, nicht vergessen, daß sie Anfänger sind, Stümper des Lebens, Lehrlinge in der Liebe, – müssen Liebe *lernen*, und dazu gehört (wie zu *jedem* Lernen) Ruhe, Geduld und Sammlung!

Liebe ernst nehmen und leiden und wie eine Arbeit lernen, das ist es, ‹...› was jungen Menschen not tut. – Die Leute haben, wie so vieles andere, auch die Stellung der Liebe im

Leben mißverstanden, sie haben sie zu Spiel und Vergnügen gemacht, weil sie meinten, daß Spiel und Vergnügen seliger denn Arbeit sei; es gibt aber nichts Glücklicheres als die Arbeit, und Liebe, gerade weil sie das äußerste Glück ist, kann nichts anderes als Arbeit sein. – Wer also liebt, der muß versuchen, sich zu benehmen, als ob er eine große Arbeit hätte: er muß viel allein sein und in sich gehen und sich zusammenfassen und sich festhalten; er muß arbeiten; er muß etwas werden!

Denn ‹...› je mehr man ist, je reicher ist alles, was man erlebt. Und wer in seinem Leben eine tiefe Liebe haben will, der muß sparen und sammeln dafür und Honig zusammen tragen.

[Aus: An Friedrich Westhoff, 29. April 1904]

Textnachweise

Die Texte – Gedichte und Erzählungen – folgen der Ausgabe: RMR: *Sämtliche Werke*. Hg. vom Rilke-Archiv. In Verbindung mit Ruth Sieber-Rilke besorgt durch Ernst Zinn. Frankfurt am Main, 1955-1966 (SW I-VI), die Briefauszüge – Briefe an einen jungen Dichter – der Ausgabe: RMR: *Kommentierte Ausgabe in vier Bänden*. Band 4: *Schriften*. Hg. von Horst Nalewski. Frankfurt am Main und Leipzig, 1996 sowie – Brief an Friedrich Westhoff, 29. April 1904 – der Ausgabe: RMR: *Briefe aus den Jahren 1892 bis 1904*. Hg. von Ruth Sieber-Rilke und Carl Sieber. Leipzig, 1937.

Die Entstehungsdaten der Texte sind im Inhaltsverzeichnis vermerkt; auszugsweise zitierte Texte und solche, die Rilke in größere Sammlungen einbezog, sind durch Nennung der entsprechenden Werktitel (in kleinerer Schrift unter den Texten) kenntlich gemacht.

Titel in spitzwinkligen Klammern wurden den Rilkeschen Texten von den Herausgebern der Sämtlichen Werke hinzugefügt.

Inhalt

Ich möchte dir ein Liebes schenken

... nun sollst du einen Turm gewahren

Einmal wenn ich dich verlier